Charlotte

David Foenkinos nació en París en 1974. Licenciado en Letras por la Universidad de la Sorbona, recibió también una sólida formación como músico de jazz. Entre sus novelas, acogidas con entusiasmo por los lectores y la crítica en todo el mundo y traducidas a muchos idiomas, destacan *El potencial erótico de mi mujer* (Premio Roger-Nimier 2004), *En caso de felicidad* (2005), *Los recuerdos* (2011), *Estoy mucho mejor* (2013) y, sobre todo, *La delicadeza* (2009), que fue merecedora de diez galardones y finalista de los premios literarios más prestigiosos en Francia, como el Goncourt, el Renaudot, el Médicis, el Femina o el Interallié, y que posteriormente fue llevada al cine por el propio autor y su hermano Stéphane. En 2010, Foenkinos, melómano y fan incondicional de John Lennon, decidió publicar una singular biografía novelada, *Lennon*, con la que Alfaguara inició en 2014 la publicación de su obra. En 2015 fue galardonado con los prestigiosos premios Renaudot y Goncourt des lycéens por *Charlotte* (Alfaguara, 2018), un libro único que rescató del olvido a la pintora Charlotte Salomon. Tras el éxito de *La biblioteca de los libros rechazados* (Alfaguara, 2017), adaptada al cine, esta editorial ha publicado también *Hacia la belleza* (2019), *Dos hermanas* (2020), *La familia Martin* (2021), *Número dos* (2022), ganadora del Prix Nice Baie des Anges, y *La vida feliz* (2024).

DAVID FOENKINOS

Charlotte

Traducción de
María Teresa Gallego Urrutia y **Amaya García Gallego**

DEBOLS!LLO

Papel certificado por el Forest Stewardship Council®

MIXTO
Papel | Apoyando la silvicultura responsable
FSC® C117695
www.fsc.org

Penguin Random House Grupo Editorial

Título original: *Charlotte*

Primera edición en Debolsillo: febrero de 2026

Printed in Spain – Impreso en España

ISBN: 978-84-663-9160-3
Depósito legal: B-1.026-2026

Impreso en Black Print CPI Ibérica
Sant Andreu de la Barca (Barcelona)

P391603

Quien está vivo y no puede con la vida necesita una mano que aparte un tanto la desesperación que le infunde su destino.

KAFKA
Diarios, 19 de octubre de 1921

Esta novela está inspirada en la vida de Charlotte Salomon.
Una pintora alemana asesinada a los veintiséis años, estando embarazada.
Mi fuente principal es su obra autobiográfica: *¿Vida? ¿O teatro?*

Primera parte

1

Charlotte aprendió a leer su nombre en una tumba.

Así que no es la primera Charlotte.
Antes existió su tía, la hermana de su madre.
Las dos hermanas están muy unidas, hasta una tarde de noviembre de 1913.
Franziska y Charlotte cantan juntas, bailan y ríen también.
Y es algo que nunca resulta extravagante.
Hay pudor en esa forma de practicar la dicha.
Quizá tiene que ver con la personalidad de su padre.
Un intelectual rígido, aficionado al arte y a las antigüedades.
Opina que nada hay que importe más que una mota de polvo romano.
La madre es más dulce.
Pero de una dulzura rayana en la tristeza.
Su vida ha sido una secuencia de dramas.
Resultará de gran utilidad enumerarlos más adelante.

De momento, quedémonos con Charlotte.
La primera Charlotte.
Es guapa, con una melena larga y negra como las promesas.
Con la premiosidad comienza todo.
Poco a poco, lo va haciendo todo más despacio: comer, andar, leer.
Algo en ella se va refrenando.
Seguramente se le ha infiltrado la melancolía en el cuerpo.
Una melancolía devastadora, de la que no se regresa.

La dicha se convierte en una isla en el pasado, inaccesible.
Nadie nota que surge esa premiosidad en Charlotte.
Qué insidioso es todo.
Comparan a ambas hermanas.
Una sonríe más que otra, sencillamente.
Como mucho, de tanto en tanto, comentan que se ensimisma largos ratos.
Pero la noche se va adueñando de ella.
Esa noche que hay que esperar, para que pueda ser la última.

Es una noche muy fría de noviembre.
Cuando todos duermen, Charlotte se levanta.
Coge unos cuantos efectos personales, como para un viaje.
La ciudad parece en pausa, cuajada en un invierno precoz.
La muchacha acaba de cumplir dieciocho años.
Se encamina deprisa a su destino.
Un puente.
Un puente que adora.
El lugar secreto de su negrura.
Hace mucho que sabe que será su último puente.
En la noche negra, sin testigos, salta.
Sin la mínima vacilación.
Cae al agua helada y convierte su muerte en un suplicio.

Encuentran su cuerpo al alba, varado en una orilla.
Tiene partes totalmente azules.
Despiertan a sus padres y a su hermana con esta noticia.
El padre se queda cuajado en el silencio.
La hermana llora.
La madre lanza alaridos de dolor.

Al día siguiente, los diarios recuerdan a la joven.
Que se mató sin la mínima explicación.
A lo mejor así es el colmo del escándalo.

La violencia sumada a la violencia.
¿Por qué?
Su hermana considera ese suicidio como una afrenta a su unión.
Casi siempre se siente responsable.
No vio nada, no entendió la premiosidad.
Ahora sigue adelante con el corazón culpable.

2

Los padres y la hermana no asisten al entierro.
Destrozados, se meten en la madriguera.
También están un tanto avergonzados seguramente.
Hay que huir de la mirada de los demás.

Así transcurren unos cuantos meses.
Con la imposibilidad de participar en el mundo.
Una prolongada etapa de mutismo.
Hablar es correr el riesgo de evocar a Charlotte.
Está oculta detrás de cada palabra.
Sólo el silencio puede sustentar el avance de los supervivientes.
Hasta el momento en que Franziska pone un dedo en el piano.
Toca una pieza, canta bajito.
Los padres se le acercan.
Y dejan que los pille por sorpresa esa manifestación de vida.

El país entra en guerra, y puede que valga más así.
El caos es el decorado que le va bien a su dolor.
Por vez primera, el conflicto es mundial.
Con Sarajevo caen los imperios del pasado.
Millones de hombres corren apresuradamente hacia su fin.
La lucha por el porvenir transcurre en túneles largos excavados bajo tierra.
Franziska decide entonces hacerse enfermera.

Quiere cuidar a los heridos, curar a los enfermos, revivir a los muertos.
Y sentirse útil, por supuesto.
Ya que vive a diario con la sensación de haber sido inútil.
A su madre la asusta esa decisión.
Y llegan tensiones y peleas.
Una guerra dentro de la guerra.
Todo en vano; Franziska se alista.
Y está cerca de las zonas de peligro.
A algunos les parece valiente.
Sencillamente, le ha perdido el miedo a la muerte.

En plena refriega, conoce a Albert Salomon.
Es uno de los cirujanos más jóvenes.
Es muy alto y está muy concentrado.
Uno de esos hombres que, incluso cuando están quietos, parecen tener prisa.
Dirige un hospital de campaña.
En el frente, en Francia.
Tras morir sus padres, la medicina le hace las veces de familia.
Su tarea le obnubila, nada le distrae de su misión.
No parece hacerles mucho caso a las mujeres.
Apenas si se ha percatado de la presencia de una enfermera nueva.
Aunque ésta no deja de sonreírle.
Afortunadamente, un acontecimiento modifica la historia.
En plena operación, Albert estornuda.
Le moquea la nariz, debe sonarse.
Pero tiene las manos ocupadas en examinarle las tripas a un soldado.
Entonces Franziska le da un pañuelo.
En ese preciso instante la mira, por fin.

Un año después, Albert echa mano de todo su valor.
Ambas manos, sus manos de cirujano.
Y va a ver a los padres de Franziska.
Éstos se muestran tan fríos que se queda parado.

¿A qué venía yo?
Ah, sí..., a pedirles a su hija... en ma... trimonio...
¿Pedirnos qué?, refunfuña el padre.
No quiere por yerno a esa espingarda.
Seguro que no es digno de casarse con una Grunwald.
Pero Franziska insiste.
Dice que está muy enamorada.
Nunca hay seguridad de algo así.
Pero no tiene nada de caprichosa.
Desde que murió Charlotte, la vida quedó reducida a lo esencial.

Los padres acaban por ceder.
Se fuerzan para mostrar cierta alegría.
Para reanudar su relación con la sonrisa.
Llegan incluso a comprar flores.
Hace tanto que no se ven colores en el salón...
Es una forma de renacimiento mediante los pétalos.
No obstante, a la boda van con cara de funeral.

3

Ya desde los primeros días, Franziska se queda sola.
¿Por qué llaman a eso *vivir en pareja*?
Albert se ha vuelto a marchar al frente.
La guerra se empantana. Parece eterna.
Las trincheras son una carnicería.
Con tal de que no muera su marido...
No quiere ser viuda.
Encima de que es...
¡Anda! ¿Qué palabra hay cuando se pierde a una hermana?
No existe, no se dice nada.

El diccionario a veces es púdico.
Como si también él se asustase del dolor.

La recién casada deambula por ese piso tan grande.
En la primera planta de un edificio burgués, en Charlottenburg.
El barrio de Charlotte.
Está en el número 15 de Wielandstrasse, cerca de Savignyplatz.
He paseado muchas veces por esa calle.
Incluso antes de saber de Charlotte, me gustaba su barrio.
En 2004, quise ponerle de título a una novela *Savignyplatz.*
Ese nombre me retumbaba por dentro de forma peculiar.
Algo me atraía y no sabía qué.

Un pasillo largo cruza ese piso grande.
Franziska se sienta ahí con frecuencia a leer.
Se siente como en la frontera de su casa.
Hoy no tarda mucho en cerrar el libro.
Le da un mareo y va al cuarto de baño.
Y se humedece un poco la cara.
Le bastan unos segundos para caer en la cuenta.

Mientras está atendiendo a un enfermo, Albert recibe una carta.
Al verle la cara lívida, un enfermero se preocupa.
Mi mujer está embarazada, suspira al fin.
En los meses siguientes, intenta volver a Berlín siempre que puede.
Pero las más de las veces Franziska está sola con su vientre.
Pasea por el pasillo y le habla ya a su niño.
Deseando ponerle fin a su soledad.
El parto acontece el 16 de abril de 1917.
Ha llegado una heroína.
Pero también una niñita que no para de llorar.
Como si no aceptase haber nacido.

Franziska quiere llamarla Charlotte, en honor a su hermana.
Albert se niega a ponerle el nombre de una muerta.
Y menos aún de una suicida.
Franziska se indigna, llora, pierde los nervios.
Es una forma de conseguir que siga viva, piensa.
Por favor, sé sensata, repite Albert.
En vano; sabe que no lo es.
También la quiere por eso, por esa locura tenue.
Por esa forma de no ser nunca la misma mujer.
Es, por turnos, libre y sumisa, febril y brillante.
Sabe que es un combate inútil.
Y además, ¿a quién le apetece pelear en plena guerra?
Así que se llamará Charlotte.

4

¿Cuáles son los primeros recuerdos de Charlotte?
¿Olores o colores?
Lo más probable es que sean notas.
Las melodías que le cantaba su madre.
Franziska tiene voz de ángel y se acompaña al piano.
Desde su más tierna edad, a Charlotte la arrulla el piano.
Más adelante, pasará las páginas de las partituras.
Así transcurren sus primeros años, al compás de la música.

A Franziska le gusta pasear con su hija.
Se la lleva al corazón verde de Berlín, el Tiergarten.
Es un islote de paz en una ciudad donde aún rezuma la derrota.
Charlotte mira los cuerpos dañados y mutilados.
La asustan todas esas manos que se alargan hacia ella.
Un ejército de mendigos.
Baja la mirada para no ver los rostros destrozados.

Y no alza la cabeza hasta que llega al bosque.
Allí puede perseguir a las ardillas.

Y además, hay que ir al cementerio.
Para no olvidar nunca.
Charlotte no tarda en entender que los muertos forman parte de la vida.
Toca las lágrimas de su madre.
Que llora a su hermana como el primer día de su desaparición.
Hay dolores que nunca pasan.
En la tumba, Charlotte lee su nombre.
Quiere saber qué pasó.
Su tía se ahogó.
¿No sabía nadar?
Fue un accidente.
Franziska se apresura a cambiar de tema.
Tal es la primera componenda con la realidad.
El comienzo del teatro.

Albert no aprueba esos paseos al cementerio.
¿Por qué te llevas a Charlotte tan a menudo?
Es una atracción morbosa.
Le pide que espacie las visitas, que deje de llevar a su hija.
Pero ¿cómo comprobarlo?
Nunca está en casa.
Sólo piensa en el trabajo, dicen sus suegros.
Albert quiere llegar a ser el mejor de los médicos alemanes.
Cuando no está en el hospital, se pasa la vida estudiando.

Hay que desconfiar de un hombre que trabaja demasiado.
¿De qué intenta escapar?
De un temor o de un simple presentimiento.
Su mujer se porta de forma más inestable cada día.
Albert comprueba que por momentos está ida.

A veces, podría parecer que está de vacaciones de sí misma.
Se dice a sí mismo que es soñadora.
Solemos buscar explicaciones gratas para las rarezas de los demás.
Hay motivos para preocuparse, vaya.
Se queda días enteros tumbada en la cama.
Sin ir siquiera a buscar a Charlotte al colegio.

Y luego, de pronto, vuelve a su ser.
En la fracción de un minuto, sale del letargo.
Sin la mínima transición, lleva a Charlotte a todas partes.
Por la ciudad y los parques, al zoo y a los museos.
Hay que pasear, leer, tocar el piano, aprenderlo todo.
En los momentos en que está viva, le gusta organizar fiestas.
Quiere ver a gente.
A Albert le gustan esas veladas.
Son su liberación.
Franziska se sienta al piano.
Es tan hermosa esa forma suya de mover los labios.
Parece que conversa con las notas.
Para Charlotte, la voz de su madre es una caricia.
Cuando tienes una madre que canta tan bien, no puede sucederte nada.

Como una muñeca, Charlotte está a pie firme en medio del salón.
Recibe a los invitados con su mejor sonrisa.
Esa que ha ensayado con su madre hasta quedársele rendida la mandíbula.
¿Dónde está la lógica?
Su madre se pasa encerrada semanas.
Luego, el demonio social se adueña de ella de repente.
A Charlotte la divierten esos cambios.
Prefiere el desbarajuste a la apatía.
El exceso, al vacío.
Este vacío que vuelve, ahora.
Tan deprisa como se había escabullido.

Y Franziska se acuesta otra vez, el vacío la deja exhausta.
Perdida en la contemplación de un allende al fondo de su cuarto.

Ante las incoherencias maternas, Charlotte es dócil.
Amansa su melancolía.
¿Así es como llega una a ser artista?
¿Acostumbrándose a la locura de los demás?

5

Charlotte tiene cinco años cuando su madre empeora.
Las fases depresivas se eternizan.
Ya nada le apetece, se siente inútil.
Albert suplica a su mujer.
Pero las tinieblas han tomado asiento en la cama de ambos.
Te necesito, dice.
Charlotte te necesita, añade.
Ella se queda dormida, por esta noche.

Pero se vuelve a levantar.
Albert abre los ojos, la sigue con la mirada.
Franziska se acerca a la ventana.
Quiero ver el cielo, dice para tranquilizar a su marido.
Con frecuencia le cuenta a Charlotte que en el cielo todo es más hermoso.
Y añade: cuando esté en el cielo, te enviaré una carta para contártelo.
El más allá se convierte en una obsesión.
¿No quieres que mamá se convierta en ángel?
Sería fantástico, ¿verdad?
Charlotte calla.

Un ángel.
Franziska sabe de un ángel: su hermana.

Que tuvo el valor de poner punto final.
De dejar atrás los días en silencio, sin avisar.
Una perfección en la violencia.
La muerte de una muchacha de dieciocho años.
La muerte de la promesa.
Franziska considera que existe una jerarquía en el horror.
Un suicidio, si tienes hijos, es un suicidio superior.
En la tragedia familiar, Franziska podría ocupar el primer lugar.
¿Quién iba a poner en duda la supremacía de su destrozo?

Una noche, se levanta sin hacer ruido.
Sin respirar siquiera.
Por una vez, Albert no la oye.
Va al cuarto de baño.
Coge un frasco de opio y se lo toma entero.
El estertor despierta por fin a su marido.
Sale disparado, la puerta está cerrada con llave.
Franziska no abre.
Le arde la garganta, el dolor es insoportable.
Sin embargo, no se muere.
Y el pánico de su marido le estropea los adioses.

¿Oye algo Charlotte?
¿Se despierta?
Albert consigue abrir por fin.
Vuelve a su mujer a la vida.
La dosis era insuficiente.
Pero ahora ya lo sabe.
La muerte ha dejado de ser sólo una obsesión.

6

Al despertarse, Charlotte busca a su madre.
Mamá se puso mala anoche.
No se la puede molestar.
Por primera vez, la niña se va al colegio sin verla.
Sin darle un beso.

Franziska estará más segura en casa de sus padres.
Eso es lo que piensa Albert.
Si se queda sola, se matará.
Es imposible razonar con ella.
Franziska vuelve a su habitación de soltera.
El escenario de su infancia.
El lugar en que era feliz con su hermana.
Rodeada de sus padres, recupera un poco las fuerzas.
Su madre intenta ocultarle el estado de nervios en que se encuentra.
¿Cómo puede ser?
El intento de su otra hija tras el suicidio de la primera.
No hay respiro a la vista.
Busca ayuda por todas partes.
Llaman a un neurólogo, amigo de la familia.
Ha sido una crisis pasajera, dice, tranquilizador.
Un exceso de emoción y una sensibilidad muy acusada, nada más.

Charlotte se preocupa.
¿Dónde está mamá?
Está mala.
Tiene gripe.
Es muy contagiosa.
Así que más vale que no la veas de momento.
Volverá enseguida, promete Albert.
Sin acabar de resultar convincente.

Está airado con su mujer.
Sobre todo cuando comprueba el desvalimiento de Charlotte.

Sin embargo, va a verla todas las noches.
Sus suegros lo reciben con muchísima frialdad.
Lo consideran responsable.
Nunca está en casa, trabaja sin parar.
El intento de suicidio no puede ser sino un ataque de desesperación.
Un acto fruto de una soledad excesiva.
A alguien hay que acusar.
¿De lo de la otra hija también tuve yo la culpa?, querría gritar Albert.
Pero calla.
Hace caso omiso de ellos y va a sentarse junto a la cama.
Solo al fin con su mujer, saca a colación unos cuantos recuerdos.
Siempre acaba uno en eso, en los recuerdos.
Podría pensarse que todo se va a solucionar.
Franziska le coge la mano a su marido, esboza una sonrisa.
Son momentos de sosiego e incluso de ternura.
Breves ratos de vida entre los deseos negros.

Para atender a la enferma, buscan una enfermera.
Es la versión oficial.
Por supuesto, la intención es tenerla vigilada.
Transcurren los días ante la mirada de esa extraña.
Franziska no pregunta nunca por su hija.
Charlotte ya no existe.
Cuando Albert trae un dibujo, desvía la cara.

7

Los Grunwald cenan en el espacioso comedor.
La enfermera cruza la habitación, se sienta con ellos un momento.

De pronto, a la madre la fulmina una visión.
Franziska, sola en su cuarto, acercándose a la ventana.
Le lanza a la empleada una mirada mortífera.
Se levanta a toda prisa, corre hacia donde está su hija.
Abre la puerta en el preciso momento en que ésta cae.
Lanza un alarido con todas sus fuerzas; demasiado tarde.
Un ruido sordo.
La madre se acerca, trémula.
Franziska yace en su sangre.

Segunda parte

1

Cuando le comunican la noticia, Charlotte calla.
Una gripe fulminante se ha llevado a su madre.
Piensa en esa palabra: gripe.
Una palabra y todo ha acabado.
Años después, sabrá por fin la verdad.
En un ambiente de caos generalizado.

Por ahora, consuela a su padre.
No pasa nada, dice.
Mamá ya me había avisado.
Ahora es un ángel.
Siempre decía lo hermoso que es estar en el cielo.
Albert no sabe qué contestar.
Querría creerlo también él.
Pero sabe la verdad.
Su mujer le ha dejado solo.
Solo con la hija de ambos.

Le acosan por doquier los recuerdos.
Por todas las habitaciones, en todos los objetos, ahí está ella.
El aire de la vivienda es aún el que respiró ella.
Querría cambiar los muebles de sitio, ponerlo todo patas arriba.
Lo que habría que hacer, en realidad, es mudarse.
Pero en cuanto se lo dice a Charlotte, ella se niega.

Su madre le prometió enviarle una carta.
Cuando llegase al cielo.
Así que hay que quedarse en esta casa.
Si no, mamá no podría encontrarnos, dice la niña.
Todas las noches se pasa horas esperando.
Sentada en el poyete de la ventana.
El horizonte es oscuro y tenebroso.
A lo mejor por eso la carta de su madre no da con el camino.
Pasan los días y no llegan noticias.

Charlotte quiere ir al cementerio.
Conoce todos sus recovecos.
Se acerca a la tumba de su madre.
No te olvides de lo que prometiste, tienes que contármelo todo.
Pero sigue sin llegar nada.
Nada.
No puede ya con ese silencio.
Su padre intenta hacerla entrar en razón.
Los muertos no pueden escribir a los vivos.
Y vale más que sea así.
Su madre es feliz donde está.
Hay montones de pianos escondidos en las nubes.
Dice lo primero que se le ocurre.
Se le embrollan los pensamientos.
Charlotte entiende por fin que no va a recibir noticias.
Le guarda a su madre muchísimo rencor.

2

Ahora hay que aprender la soledad.
Charlotte no comparte con nadie lo que siente.
Su padre se evade en el trabajo, se invade de trabajo.

Todas las noches se instala delante de su escritorio.
Charlotte mira cómo se encorva sobre los libros.
Montones de libros, altos como torres.
Parece un loco, masculla fórmulas de todo tipo.
Nadie puede detenerlo en el camino del conocimiento.
Ni en el del reconocimiento.
Acaban de hacerle profesor de la universidad de Medicina de Berlín.
Es una consagración, un sueño.
No parece que Charlotte se alegre.
A decir verdad, ahora tiene dificultades para expresar una emoción.

En la escuela Fürstin-Bismarck cuchichean cuando pasa.
Hay que tratarla con cariño, su mamá se ha muerto.
Su mamá se ha muerto, su mamá se ha muerto, su mamá se ha muerto.
Menos mal que el edificio es tranquilizador, con escaleras amplias.
Un lugar donde el dolor se calma.
A Charlotte le hace feliz ir allí a diario.
He seguido yo también ese camino.
Muchas veces, con mis pasos en sus pasos.
Idas y venidas por las huellas de Charlotte niña.

Un día entré en su escuela.
Unas muchachas corrían por el vestíbulo.
Pensé que Charlotte podía estar aún entre ellas.
En secretaría, me recibió la orientadora.
Una mujer muy amable que se llamaba Gerlinde.
Le expliqué los motivos de mi presencia.
No pareció sorprenderse.
Charlotte Salomon, repitió para sí.
Sabemos quién es, claro.

Entonces empezó una prolongada visita.
Minuciosa, porque todos los detalles cuentan.

Gerlinde encareció los méritos del centro.
Al tiempo, se fijaba en mis reacciones, en mi emoción.
Pero aún quedaba por llegar lo más importante.
Me propuso ir a ver el material de ciencias naturales.
¿Por qué?
Todo es de época.
Es como sumergirse en el siglo pasado.
Sumergirse en el escenario intacto de Charlotte.

Fuimos por un pasillo oscuro y polvoriento.
Para llegar a un desván lleno de animales disecados.
Y también de insectos que cruzaban la eternidad en un tarro.
Me llamó la atención un esqueleto.
La muerte, estribillo incesante de mi búsqueda.
Fijo que Charlotte lo usó para estudiar, declaró Gerlinde.
Allí estaba yo, casi un siglo me separaba de mi heroína.
Ahora era yo quien analizaba la composición de un cuerpo humano.

Por último fuimos a ver el espléndido salón de actos.
Un grupo de muchachas estaba posando para la foto escolar.
Hacían el loco y el fotógrafo las animaba.
Un acierto ese intento de inmortalizar la alegría de vivir.
Me acordé de la foto escolar de Charlotte que he visto.
No la tomaron en este salón, sino en el patio de fuera.
Es una foto muy turbadora.
Todas las muchachas miran fijamente el objetivo.
Todas menos una.
Los ojos de Charlotte están vueltos en otra dirección.
¿Qué está mirando?

3

Charlotte vive una temporada en casa de sus abuelos.
Ocupa la habitación de su madre cuando era pequeña.
Y eso hace que su abuela se sienta confusa.
Mezcla las épocas.
Una niña con el rostro de su hija mayor.
Una niña que se llama como la pequeña.
De noche, con el miedo en las entrañas, se levanta varias veces.
Tiene que comprobar que la niña, Charlotte, duerme tranquilamente.

La muchachita se vuelve huraña.
Su padre contrata niñeras y ella persevera en desanimarlas.
Odia a todo el que quiera cuidarla.
La peor de todas: la señorita Stagard.
Una pavisosa ordinaria.
Charlotte es la niña peor educada que haya conocido nunca, dice.
Menos mal que en una excursión se cae en una grieta.
Grita de dolor, con una pierna rota.
Charlotte está encantada de la vida; por fin se ha librado de ella.

Pero con Hase todo es diferente.
Charlotte se encariña con ella en el acto.
Como Albert nunca está, puede decirse que vive en la casa.
Cuando se lava, Charlotte se levanta para espiarla.
Le fascina el tamaño de sus pechos.
Es la primera vez que ve unos tan impresionantes.
Los de su madre eran pequeños.
Y los suyos, ¿cómo serán?
Querría saber qué resulta preferible.
Se cruza en el descansillo con un vecino de su edad y se lo pregunta.
Él parece muy sorprendido.
Antes de contestar, por fin: pechos grandes.

Así que Hase tiene suerte, pero no es muy guapa.
Tiene la cara un poco hinchada.
Y pelos encima de la boca.
Por no decir que es una especie de bigote.
Charlotte va entonces a ver otra vez a su vecino.
¿Qué es mejor tener, unos pechos grandes y bigote...?
¿O unos pechos pequeños con cara de ángel?
El vecino se lo vuelve a pensar.
Contesta con gran seriedad que le parece mejor la segunda opción.
Luego se va sin añadir palabra.

En adelante, lo incomodará cruzarse con su peculiar vecina.
A Charlotte le ha aliviado la respuesta.
En el fondo le tranquiliza que Hase no les guste a los hombres.
La quiere demasiado para arriesgarse a perderla.
No quiere que la quiera nadie.
Nadie salvo ella.

4

Es la primera Navidad sin su madre.
Ahí están los abuelos, más secos que nunca.
El abeto es inmenso en el salón, desmesurado.
Albert ha comprado el más grande y el más bonito.
Para su hija, claro, y también en recuerdo de su mujer.
A Franziska le encantaba la Navidad.
Se pasaba horas adornando el árbol.
Era el punto luminoso del año.
Ahora el árbol está sombrío.
Se diría que también él está de luto.

Charlotte abre los regalos.
Como la están mirando, juega a ser una niña feliz.
Teatro para quitarle hierro al momento.
Para ahuyentar la tristeza de su padre.
Más que nada, lo que duele es el silencio.
En Navidad, su madre se pasaba horas al piano.
Le gustaban los cantos cristianos.
Ahora la velada transcurre al resguardo de las melodías.

Charlotte mira con frecuencia el piano.
Es incapaz de ponerle una mano encima.
Ve aún las de su madre en el teclado.
En el instrumento, el pasado está vivo.
Charlotte tiene la sensación de que el piano puede entenderla.
Y compartir su herida.
Está huérfano, como ella.
Todos los días mira la partitura que se quedó abierta.
La última que interpretó su madre.
Una partitura de Bach.

Así pasarán varias Navidades, en silencio.

5

Ahora estamos en 1930.
Charlotte es ya una adolescente.
La gente tiene tendencia a decir que está *en su mundo*.
¿Qué le aporta eso de *estar en su mundo*?
La ensoñación y la poesía, seguramente.
Pero también una extraña mezcla de asco y placidez.
Charlotte puede sonreír y sufrir al mismo tiempo.

Sólo Hase la entiende, y eso es algo que no llega por las palabras.
Charlotte le pone la cabeza en el pecho, en silencio.
Entonces se siente escuchada.
Hay cuerpos que son consuelos.
Pero Charlotte no está ya tanto al cuidado de Hase.
Albert dice que una muchacha de trece años ya no necesita un aya.
¿Acaso sabe qué quiere su hija?
Si así son las cosas, se niega a crecer.

Charlotte se siente cada vez más sola.
Su mejor amiga pasa ahora más tiempo con Kathrin.
Una nueva que ha llegado al colegio y es ya muy popular.
¿Cómo se las apaña?
Algunas muchachas tienen el don de hacerse querer.
Charlotte teme que la den de lado.
Lo mejor es hacer por no relacionarse con nadie.
Porque nada dura.
Hay que vivir resguardado de las posibles decepciones.
Aunque, bien pensado, no, qué ridiculez.
Ve lo que le ha sucedido a su padre.
Se ha vuelto gris a fuerza de apartarse de los demás.
Así que lo anima a que salga.

En una cena, Albert coincide con una cantante famosa.
Incluso acaba de grabar un disco, es maravilloso.
La aplauden en toda Europa.
También canta en las iglesias, música sacra.
Albert busca qué decir, está intimidado.
Hay silencios en la conversación.
Si por lo menos a ella le doliera algo, el médico sabría de qué hablar.
Pero de eso nada, la salud de esa mujer es desesperantemente buena.
Al cabo de un momento dice, balbuciendo, que tiene una niña.
A Paula (así se llama) le parece algo encantador.

Está muy cortejada y sueña con un hombre que no sea artista.
Kurt Singer, el fogoso director de la Ópera, la adula.
Quiere dejarlo todo por ella (es decir, a su mujer).
El enamorado frisa casi el acoso.
Lleva meses prometiéndole la luna a Paula.
Es también neurólogo, cura los nervios de las mujeres.
Para embrujarla, llega incluso a probar con la hipnosis.
Paula empieza a ceder, aunque luego lo rechaza.

Un día, a la salida de un concierto, se presenta la mujer de Kurt.
Desesperada, le echa encima un frasco de veneno a Paula.
Un veneno que seguramente no se decidió a beber.
Tragedia amorosa.
Esta historia debilita a Paula.
Piensa que ya es hora de casarse.
Para concluir con esta situación agotadora.
En este contexto, Albert se le presenta como un refugio.
Y, además, prefiere las manos de cirujano.

Albert le cuenta a Charlotte el encuentro con Paula.
Ella, maravillada, insiste en que la invite a cenar.
Qué gran honor sería.
Albert obedece.
Esa famosa noche, Charlotte se pone su vestido más bonito.
El único que le gusta, a decir verdad.
Ayuda a Hase a poner la mesa y a preparar las fuentes.
Todo tiene que ser perfecto.
A las ocho, llaman a la puerta.
Va a abrir, febril.
Paula le sonríe abiertamente.
Debes de ser Charlotte, dice la cantante.
Sí, soy yo, quiere contestar.
Pero no le sale ningún sonido.

Transcurre la cena entre algo así como un júbilo contenido.
Paula le propone a Charlotte que vaya a algún concierto suyo.
Y luego, hasta podrás ver los camerinos.
Ya verás, es muy bonito, añade Paula.
El único lugar en que la verdad existe está entre bastidores.
Habla suavemente, y qué voz tan delicada.
No hay en ella nada de una diva.
Antes bien, tiene ademanes exquisitos.
Todo va de maravilla, piensa Albert.
Podría creerse que Paula lleva viviendo allí toda la vida.

Después de cenar, le ruegan a la cantante que interprete algo.
Se acerca al piano.
El corazón de Charlotte ya no late, corre.
Paula hojea las partituras colocadas junto al piano.
Y escoge por fin la de un *Lied* de Schubert.
La coloca encima de la de Bach.

6

Charlotte recorta todos los artículos que tienen que ver con Paula.
Le fascina que alguien pueda gustar tanto a los demás.
Le gusta oír los aplausos de la sala.
Está orgullosa de conocer *personalmente* a la artista.
A Charlotte la vuelve loca el fervor del público.
El ruido de la admiración es fabuloso.
Paula comparte con la muchacha el cariño que recibe.
Le enseña las flores y las cartas.
Todo va tomando la forma de un peculiar consuelo.

La vida plena acelera los días.
Todo, de pronto, parece frenético.

Albert le pregunta a su hija qué le parece Paula.
Pues la adoro, así de sencillo.
Perfecto, porque hemos decidido casarnos.
Charlotte se arroja en brazos de su padre.
Que es algo que lleva años sin hacer.

Se celebra la boda en la sinagoga.
A Paula la crio un padre rabino y es practicante.
El judaísmo ha tenido poca importancia en la vida de Charlotte.
Podríamos decir incluso que no ha tenido ninguna.
Su infancia se asienta en *una ausencia de orientación judía.*
Por usar la expresión de Walter Benjamin.
Sus padres han llevado una vida laica.
Y a su madre le gustaban muchísimo los cantos cristianos.
A los trece años, Charlotte descubre ese mundo que es supuestamente el suyo.
Lo observa con esa curiosidad fácil para lo que nos parece lejano.

7

La nueva mujer de Albert se va a vivir al 15 de la Wielandstrasse.
Hecho que le trastorna la vida a Charlotte.
La casa, acostumbrada al vacío y al silencio, se metamorfosea.
Paula introduce en ella la vida cultural de Berlín.
Invita a celebridades.
Allí se encuentra uno con el famoso Albert Einstein.
Con el arquitecto Erich Mendelsohn.
O también con Albert Schweitzer.
Es el apogeo de la preponderancia alemana.
Intelectual, artística y científica.
Tocan el piano, beben, cantan, bailan, inventan.
Nunca pareció la vida tan intensa.

Delante de ese portal hay ahora unas plaquitas doradas en el suelo.
Se llaman *Stolpersteine.*
Es un homenaje a los deportados.
Hay muchas en Berlín, sobre todo en Charlottenburg.
No es fácil verlas.
Hay que ir con la cabeza gacha, buscando la memoria entre los adoquines.
Delante del número 15 de la Wielandstrasse pueden leerse tres nombres.
Los de Paula, Albert y Charlotte.
Pero en la pared sólo hay una placa conmemorativa.
La de Charlotte Salomon.

La última vez que estuve en Berlín, esa placa había desaparecido.
Estaban restaurando el edificio, cubierto de andamios.
Charlotte borrada bajo una capa de pintura reciente.
Saneado y aséptico, el edificio parece una fachada de decorado teatral.
Clavado en la acera, miro el balcón.
Ese en el que Charlotte posó con su padre para una foto.
La instantánea es más o menos de 1925.
Tiene ocho o nueve años y una mirada vivaracha.
Parece ya, de forma asombrosa, una mujer.
Me quedo un instante en el pasado.
Prefiero contemplar la foto en mi memoria, antes que el presente.
Luego, por fin, me decido.
Me escurro entre las escaleras y los obreros para subir.
En el primer piso, estoy ante su vivienda.

Llamo a la puerta de la casa de Charlotte.

Como están de obras, no hay nadie.
Pero del piso brota una luz.
Como si hubiera alguien.
Tiene que haber alguien.
Aunque no se oye ruido alguno.

El piso es grande, lo sé.
Vuelvo a llamar.
Sigue sin pasar nada.
Mientras espero, leo los nombres que hay encima del timbre.
Al parecer, en la vivienda de los Salomon hay ahora unas oficinas.
La empresa que aquí se aloja se llama *Dasdomainhaus.com.*
Una empresa que desarrolla páginas web.

Oigo ruido.
Se acercan unos pasos.
Alguien titubea antes de abrir la puerta.
Aparece una mujer inquieta.
¿Qué andan buscando?
Christian Kolb, que traduce mis novelas al alemán, viene conmigo.
Tarda en arrancar a hablar.
Tiene siempre *unos puntos suspensivos* en los labios.
Le pido que explique por qué estamos allí.
Escritor francés... Charlotte Salomon...
Nos da con la puerta en las narices.
Me quedo quieto, pasmado.
Estoy a pocos metros de la habitación de Charlotte.
Es frustrante, pero no hay que forzar los acontecimientos.
Tengo tiempo de sobra.

8

Las conversaciones a las que asiste Charlotte la enriquecen.
Empieza a leer mucho, con pasión.
Lee con avidez a Goethe, Hesse, Remarque, Nietzsche, Döblin.
A Paula le parece que su hijastra es demasiado huraña.
Nunca invita a nadie a casa.

Charlotte se vuelve posesiva con su madrastra.
Durante las veladas, le va pisando los talones.
No soporta que otros hablen con ella demasiado rato.
Para el cumpleaños de Paula quiere tirar la casa por la ventana.
Se pasa días buscando el regalo ideal.
Por fin da con la polvera perfecta.
Se le va en ella todo lo que le dan para sus gastos.
Está contentísima con el hallazgo.
Su madrastra la va a querer más aún.

La noche del cumpleaños, Charlotte no puede estarse quieta.
Paula abre su regalo.
Está muy contenta.
Pero es un regalo entre otros regalos.
Le da las gracias a todo el mundo con la misma dulzura.
Charlotte se viene abajo.
Es algo que la desespera.
Y la vuelve loca.
Se abalanza para recuperar la polvera.
La tira al suelo con todas sus fuerzas delante de los invitados.
Se hace el silencio.
Albert mira a Paula, como si fuera ella quien tuviera que reaccionar.
Una ira sorda se adueña de la cantante.
Acompaña a Charlotte a su cuarto.
Mañana hablaremos, dice.
Lo he estropeado todo, piensa la muchacha.

Por la mañana, coinciden en la cocina.
Charlotte se deshace en disculpas.
Intenta explicar lo que sintió.
Paula le acaricia la mejilla para consolarla.
Se alegra de que Charlotte le ponga por fin palabras a su desazón.
Paula recuerda a la adolescente alegre a quien conoció.

No entiende qué es lo que la tiene ahora tan alterada.
Para Albert, la reacción de su hija es una manifestación de celos.
Nada más.
Se niega a ver lo hondo que es ese sufrimiento.
Lo tiene acaparado la inmensidad de su tarea, es un gran médico.
Hace descubrimientos de primera magnitud para curar las úlceras.
Su prioridad no son los ataques que le den a su hija.

Paula sigue preocupada.
Opina que hay que contárselo todo a Charlotte.
La verdad.
¿Qué verdad?, pregunta Albert.
La verdad... de lo que le pasó a su madre.
Paula insiste.
Nadie puede construirse a sí mismo sobre la base de una mentira así.
Si se entera de que todo el mundo le mintió, será terrible.
No, hay que callarse, vuelve a afirmar Albert.
Y luego añade: sus abuelos son categóricos.
No quieren que lo sepa.

Paula lo entiende todo de pronto.
Charlotte va con frecuencia a dormir a casa de sus abuelos.
La presión es incesante.
Se pasan la vida recordando que han perdido a sus hijas.
Sólo les queda Lotte, se lamentan.
Cuando vuelve de una estancia en su casa, Charlotte está sombría.
Ni que decir tiene que su abuela la quiere muchísimo.
Pero hay una especie de fuerza negra en ese cariño.
¿Cómo puede una mujer así cuidar de una niña?
Si se le suicidaron sus dos hijas.

9

Paula acepta no revelarle nada a Charlotte.
Puesto que tal es el deseo de la familia.
Pero le envía una carta como un latigazo a la abuela.
«Es usted la asesina de sus hijas.
Pero con ésta no se saldrá con la suya.
La protegeré...»
La abuela, fulminada, se encierra en sí misma.
El pasado que había intentado enterrar vuelve, a oleadas.
Deja que se adueñe de ella esa sucesión de tragedias.

Están sus dos hijas, claro.
Pero no son sino la culminación de un prolongado linaje de suicidas.
También su hermano se tiró al agua, por un matrimonio desgraciado.
Era doctor en Derecho y sólo tenía veintiocho años.
Colocaron su cadáver en el salón.
Durante muchos días, la familia durmió junto al desastre.
No querían dejar que se fuera.
La casa tenía que ser su tumba.
Sólo el olor a descomposición puso término la exposición aquella.
Cuando se llevaron al hijo, la madre quiso impedirlo.
Podía aceptar su muerte, pero no su ausencia.
No la ausencia del cuerpo.
Se hundió en la demencia.
Contrataron a dos enfermeras a tiempo completo.
Para protegerla de sí misma.
Como pasó más adelante con Franziska.
Inmediatamente después de su primer intento de suicidio.
Así que la historia se iba a repetir.
Se iría repitiendo sin tregua, como el estribillo de los muertos.

La abuela se acuerda de aquellos años tan difíciles.
Aquellos en que había que vigilar sin tregua a su madre.
A veces le hablaba, para apaciguarla.
Entonces parecía más templada.
Pero, de forma inevitable, volvía a hablar de su hijo.
Decía que era marino.
Y que por eso lo veía poco.
Y luego, la realidad le saltaba de repente a la cara.
Un auténtico mordisco de lo real.
Y entonces se pasaba horas gritando.
Tras ocho años de agotamiento mental, al fin sucumbió.
A lo mejor la familia iba a recobrar un aparente sosiego.

Pero no había concluido todo para la abuela de Charlotte.
Nada más enterrar a su madre, se suicidó su hermana pequeña.
De forma inexplicable, imprevisible.
A los dieciocho años, se levantó en plena noche.
Para tirarse al río gélido.
Exactamente lo mismo que hizo más adelante la primera Charlotte.
Así que la historia se iba a repetir.
Se iría repitiendo sin tregua, como el estribillo de los muertos.

La desaparición de su hermana dejó petrificada a la abuela.
No había visto avecinarse nada, ni ella ni nadie.
Había que escapar deprisa.
El matrimonio era la mejor opción.
Se convirtió en una Grunwald.
Tuvo enseguida dos hijas.

Pasaron unos cuantos años, extrañamente dichosos.
Pero la marcha negra se reanudó.
La hija única de su hermano se suicidó.
Y luego le tocó la vez a su padre, luego a su tía.

Así que nunca iba a haber una salida, nunca.
El atavismo morboso era demasiado potente.
Las raíces de un árbol genealógico al que corroía ese mal.

Pero ni se le ocurrió que sus propias hijas estuvieran contaminadas.
Nada permitía presagiarlo durante su jubilosa infancia.
Correteaban por doquier.
Brincaban, bailaban, reían.
Era inconcebible.
Charlotte, luego Franziska.

Encerrada en su cuarto, la abuela sigue llorando a sus muertos.
Con la carta en el regazo.
Húmedas de lágrimas, las palabras babean, se vuelven deformes.
¿Y si Paula estuviera en lo cierto?
A fin de cuentas, esa mujer canta como un ángel.
Sí, dice la verdad.
A su alrededor, todos se mueren.
A lo mejor todo es culpa suya.
Así que hay que tener cuidado.
Proteger a Charlotte.
La verá menos, más vale así.
No volverá a dormir aquí.
Eso es lo esencial.
Charlotte tiene que vivir.
Pero ¿es acaso posible?

Tercera parte

1

Charlotte es ahora una joven de dieciséis años.
Formal; tiene calificaciones brillantes.
A veces, hay a quien le parece misteriosa.
Su madrastra opina que es, sobre todo, descarada.
Ya no se llevan tan bien como antes.
Albert sigue obsesionado con sus exploraciones médicas.
Así que las dos pasan juntas días muy largos.
Irritándose mutuamente, pinchándose, ¿qué puede haber más lógico?
Charlotte se siente cada vez más dividida.
Adula a Paula, y no la aguanta.

Pero no se cansa de oírla.
Va a todos los conciertos que da en Berlín.
Tan emocionada como la primera vez.
Paula es una de las mejores divas del momento.
Siempre se agolpan muchedumbres para oírla.
Acaba de grabar una espléndida versión de *Carmen.*
Esa noche, Charlotte está en primera fila.
Su madrastra sostiene mucho la nota.
Es la última del concierto.
El público contiene la respiración.
El sonido muere exquisitamente.
Es un triunfo, una ovación, e incluso más aún.
Se oyen bravos por doquier.

Charlotte contempla los ramos de flores que atestan el escenario.
Los ramos que no tardarán en adornar el salón de su casa.
Todo es rojo.
Y es en lo más hondo de ese rojo donde aparece una disonancia.

Al principio, Charlotte no está segura.
A lo mejor es una muestra de admiración un tanto peculiar.
Gritos más roncos, silbidos más estridentes.
Pero no, no es eso.
Viene de arriba.
Todavía no se oye bien del todo.
No han encendido las luces de la sala.
El estertor crece.
Los abucheos cubren los aplausos.
Paula cae en la cuenta y se mete enseguida entre bastidores.
No quiere oírlo.
No quiere saber cómo suena el odio.

Unos hombres vocean cosas horribles e insultos.
Le dicen a Paula que se vaya a casa.
¡Aquí no quieren oírla ya!
Charlotte, temblorosa, va a reunirse con ella.
Piensa que va a encontrarse a su madrastra destrozada.
Pero no es así, está de pie frente al espejo.
Parece fuerte, casi invencible.
Es ella quien tranquiliza a Charlotte.
Hay que hacerse a la idea, así están las cosas...
Pero el tono de voz suena a falso.
Esa calma encubre mal la preocupación.

Al volver, Albert todavía no se ha acostado.
Le deja estupefacto el relato de la velada.
Con la escena que le describen le dan ganas de vomitar.

Esto se está poniendo completamente insoportable.
Algunos de sus amigos van a irse de Alemania.
Los animan a que hagan otro tanto.
Paula podría cantar en los Estados Unidos.
Albert encontraría allí trabajo sin dificultad.
No, dice.
Ni hablar.
Su patria es ésta.
Alemania.
Hay que ser optimista,* decirse que el odio es perecedero.

2

En enero de 1933, el odio llega al poder.

Paula no cuenta ya con permiso para actuar en público.
También a Albert le llega la muerte profesional.
Han dejado de reembolsarles a los judíos los gastos de atención médica.
Le quitan la licencia para ser docente.
A él, que acababa de hacer unos descubrimientos de primera magnitud.
Los actos de violencia se generalizan; se queman libros.
En casa de los Salomon, organizan reuniones por las noches.
Artistas, intelectuales, médicos.
Algunos perseveran en la creencia de que todo pasará.
Son las consecuencias lógicas de una crisis.
Siempre hay que echar la culpa a alguien por las desventuras de un país.
Charlotte asiste a las conversaciones de los aniquilados.

---

* Billy Wilder decía: «Los pesimistas acabaron en Hollywood y los optimistas en Auschwitz». *(N. del A.)*

También está allí Kurt Singer.
Acaban de destituirlo de su puesto en la Ópera de Berlín.
Su fuerza y su carisma lo impulsan a ponerse en primera fila.
Inicia gestiones con los nazis.
Aboga por los artistas a quienes han dejado al margen.
Propone crear una federación cultural de los judíos alemanes.
El responsable del Partido que lo recibe duda.
Debería negarse, pero no puede por menos que admirar a Singer.
Hay entre ambos algo así como un tiempo muerto.
Una pausa en la que puede suceder cualquier cosa.
La muerte definitiva de los artistas o su supervivencia.
El poderoso funcionario puede prohibirlo todo.
Por el momento, calla.
Mira a su interlocutor a los ojos.
Singer no deja que aflore el sudor que debería humedecerle las sienes.
Está en juego el porvenir de todos.

Tras unos minutos muy largos, el responsable nazi saca una hoja de papel.
Firma el permiso para crear la asociación judía.
Singer le da las gracias efusivamente.
Gracias, muchas gracias, señor mío.
Aclaman al héroe del pueblo artístico.
Organizan una gran velada para celebrar esa victoria.
Qué alegría da no morirse de momento.

Los cantantes, los actores, los bailarines y los profesores respiran.
Subir al escenario es vivir.
Paula no tendrá que guardar silencio.
Podrá seguir dando recitales.
En un teatro para judíos, con un público judío.
La versión cultural del gueto.
Ese sistema durará varios años.
Cada vez con más cortapisas, más controlado, más asfixiado.

En 1938, Kurt Singer va a ver a su hermana a los Estados Unidos.
Mientras está fuera transcurre la *Noche de los Cristales Rotos*.
Saquean las posesiones de los judíos, asesinan a decenas de ellos.
La hermana de Kurt le ruega que se quede en Norteamérica.
Es una oportunidad fantástica.
Puede no alcanzarlo el desastre que se avecina.
Le proponen incluso un puesto en la universidad.
Ni hablar.
Quiere volver a su país.
Para salvar lo que pueda salvarse, dice.

De regreso a Europa, pasa por Rotterdam.
Ahora son sus amigos quienes insisten en que se quede.
Fuere como fuere, han disuelto la asociación cultural.
Volver a Alemania en ese año de 1938 sería un suicidio.
Cede y se afinca en los Países Bajos.
Otra vez intenta resistir recurriendo a la música y el arte.
Da conciertos.
Pero también allí se va cerrando el cepo.
Habría tenido tantas ocasiones para huir...
Quería estar junto a los suyos.
Ilusoria defensa de la fragilidad de los demás.
Qué hombre tan valiente.
En las fotos se le ve esa fuerza y la melena indómita.
Lo deportan en 1942, al campo de Terezín.
Allí internan, entre otras personas, a los artistas y a las elites.
Es uno de esos campos que llaman modelo.
Un escaparate para las delegaciones de la Cruz Roja.
Esos visitantes ciegos para lo que sucede tras el decorado.
Les organizan espectáculos, señal de que todo va bien.
Singer incluso sigue con las interpretaciones.
Alza el brazo, dirige la orquesta con la batuta.
Los supervivientes de la orquesta.

Mes tras mes, los músicos se van hundiendo en el silencio.
Y mueren sin más ceremonia.
Singer acaba dirigiendo a dos violinistas enclenques.
Continúa hasta el final motivando a los agonizantes.
Ya nadie cree en nada de aquello, salvo él.
Hasta el día en que se desploma, exhausto, en enero de 1944.
Muerto en combate.

3

Volvamos a 1933.

Charlotte no cree ya que el odio pueda ser pasajero.
No se trata de unos cuantos iluminados, sino de una nación entera.
Una jauría sedienta de violencia rige el país.
A principios del mes de abril, organizan el boicot de los bienes judíos.
Charlotte presencia el desfile callejero, el saqueo de los comercios.
Quien compra en la tienda de un judío es un cerdo, lee.
Silabean los eslóganes con rabia.
¿Podemos concebir el terror de Charlotte?
Anuncian continuamente nuevas medidas humillantes.
En el colegio, piden una partida de nacimiento de los abuelos.
Algunas chicas descubren que tienen ascendencia judía.
Tardan una fracción de segundo en convertirse en proscritas.
Sangre impura.
Hay madres que prohíben a sus hijas tener trato con judías.
¿Y si fuera contagioso?
Otras se indignan.
Hay que unirse y oponerse a los nazis, protestan.
Pero es peligroso decir eso.
Así que lo dicen cada vez más bajo.
Antes de callarse definitivamente.

Albert intenta tranquilizar a su hija como puede.
Pero ¿existen palabras que atenúen el odio ajeno?
Charlotte se ensimisma aún más.
Lee sin parar, sueña cada vez menos.
En esa temporada es cuando entra el dibujo en su vida.
La pasión por el Renacimiento le permite evadirse de su época.

4

Los abuelos de Charlotte suelen viajar en verano.
Este año emprenden un largo viaje cultural por Italia.
Quieren llevarse a su nieta.
Pese a las inquietudes del pasado, su padre y Paula no titubean.
Será feliz lejos del abismo.

Para Charlotte va a ser un viaje fundamental.
A sus abuelos les apasionan las civilizaciones antiguas.
Por todo lo que tenga que ver con vestigios.
Sienten una fascinación especial por las momias.
Y por la pintura, desde luego.
Charlotte perfecciona sus conocimientos.
Descubre horizontes nuevos.
Hay cuadros ante los que le late el corazón como en un amor.
Ese verano de 1933 es cuando nace de verdad su evidencia.

Existe un punto preciso en la trayectoria de un artista.
El momento en que su propia voz empieza a hacerse oír.
La densidad se propaga por ella, como la sangre en el agua.

Durante el viaje, Charlotte hace preguntas acerca de su madre.
Los años han ido diluyendo el recuerdo de su presencia.

Se ha quedado en inconcretas sensaciones, en emociones imprecisas.
Sufre por haber olvidado su voz, su olor.
La abuela evita ese tema, demasiado doloroso.
Charlotte se da cuenta de que vale más no preguntar nada.
Franziska prosigue su viaje por el silencio.
La causa de su muerte sigue siendo un secreto para su hija.

Al abuelo le reconfortan las obras de arte.
Le brindan un optimismo absurdo.
Europa no volverá a sumirse en la locura mortífera.
Eso es lo que dice cuando visita unas ruinas.
El poderío de las civilizaciones antiguas es tranquilizador.
Acompaña sus teorías con grandes aspavientos.
Su mujer va en pos de él, sombra eterna de su marido.
Frente a este dúo inverosímil, Charlotte sonríe.
Qué viejos parecen.
El abuelo luce una larga barba blanca, la de los apóstoles.
Anda con bastón, y no porque no sea robusto.
La abuela está cada vez más esquelética.
La mantiene en pie un milagro de cuyo secreto sólo ella está al tanto.

Los dos ancianos recorren sin tregua las galerías.
Y es Charlotte quien implora alguna pausa.
La agota esa cadencia insistente.
Quieren verlo todo en todos los museos.
Charlotte opina que esa bulimia es a veces estéril.
Sería preferible centrarse en una sola obra.
Brindarle la exclusividad de su atención.
¿No valdría más conocer perfectamente un solo cuadro?
Mejor que desperdigar la mirada para acabar por perderla.
Le gustaría tanto asirse a algo.
No tener que seguir buscando lo que no encuentra.

5

Cuesta regresar a Alemania.
Tras un verano sumida en tantas maravillas, la realidad es una agresión.
Esa realidad que hay que mirar de frente.
Los abuelos deciden entonces irse de su país.
No sospechan que no van a volver nunca.
Que ese destierro será definitivo.

Durante una estancia en España, conocieron a una americana.
Ottilie Moore, de origen alemán, acaba de enviudar.
Y ha quedado, así, al frente de una gran fortuna.
Tiene una finca inmensa en el sur de Francia.
Donde acoge a todo tipo de refugiados, sobre todo a niños.
Al visitar Berlín, observa la violencia.
Propone a los abuelos albergarlos.
Por tiempo ilimitado, añade.
Le gustan su erudición y su sentido del humor.
En su casa estarán a salvo de la catástrofe inminente.
Tras pensárselo mucho, aceptan.
En Villefranche-sur-Mer, la finca es un rincón de paraíso.
Con un jardín espléndido e incluso exótico.
Hay allí olivos, palmeras y cipreses.
Ottilie es una mujer alegre, que sonríe siempre, casi exuberante.

Charlotte se queda en Berlín, con su padre y con Paula.
Vuelve al colegio, donde no cesan las humillaciones.
Hasta el día en que una ley le prohíbe que siga estudiando.
Un año antes de acabar el bachillerato, tiene que dejarlo.
Se va con el boletín de notas que da fe de una *conducta intachable.*

Paula y ella viven como reclusas en el piso.
En vez de prestarse apoyo mutuo, ya no congenian.
Charlotte le hace pagar a su madrastra su exclusión del mundo.
Es la única persona con la que puede enfadarse.

Hay días más tranquilos.
Las dos hablan del futuro.
Charlotte cada vez dibuja más, sueña con ingresar en Bellas Artes.
A veces va andando hasta la Academia.
Mira cómo salen los alumnos, con sus carpetas de dibujo.
Luego, alza la cabeza.
Una bandera nazi gigantesca ondea en lo alto del edificio.

Su padre le dice que va a ser complicado ingresar en la Academia.
Admiten a un porcentaje ínfimo de judíos, apenas un uno por ciento.
La anima a matricularse, en cambio, en una escuela de estilismo.
Ahí toleran a los semitas.
Sería, pese a todo, algo relacionado con el arte.
Podría crear ropa.
De mala gana, acepta.
A fin de cuentas, ha renunciado a decidir qué vida llevar.
Sólo asiste un día, atontada.
Pero esas pocas horas refuerzan su vocación.
Quiere pintar.

Cierto es que sus primeros cuadros son prometedores.
Albert decide pagarle unas clases particulares.
Una buena formación es esencial, dice.
Sí, es esencial para el futuro.

6

Las clases resultan lamentables.
La profesora cree, por lo visto, que la pintura se detuvo en 1650.
Es una mujer enfundada en un eterno traje de chaqueta beis.
Con esas gafas trifocales parece una rana.
Charlotte intenta obedecer dócilmente.
A fin de cuentas, su padre está haciendo un sacrificio económico.
Pero se aburre sin cuento.
La rana le pide que dibuje un cactus.
Borra varias veces, muy seca, el dibujo de Charlotte.
¡La cantidad de espinas no coincide!
Eso no es pintura, es fotografía.
Charlotte se pasa semanas pintando, una tras otra, naturalezas muertas.
En alemán, naturaleza muerta se dice *Stilleben:* vida silenciosa.
La vida silenciosa, esa expresión que le encaja tan bien a Charlotte.
Charlotte no puede expresar lo que siente.
Sin embargo, va mejorando en dibujo.
Encuentra un camino entre el academicismo que estudia y los modernos.
Admira muchísimo a Van Gogh, descubre a Chagall.
Siente veneración por Emil Nolde, de quien acaba de leer la siguiente frase:
«Me gusta que parezca que un cuadro se ha pintado a sí mismo».
También está Munch, desde luego, y Kokoschka y Beckmann.
Ya sólo le importa la pintura. Se ha vuelto una obsesión.
Tiene que intentar a toda costa entrar en Bellas Artes.
Prepara la prueba de ingreso con ahínco.
El demonio se va adueñando de ella.
Albert y Paula consideran que esa pasión va tomando un cariz inquietante.
Pero, al contrario, es un gozo.
Charlotte, que se había sentido tan perdida, ha hallado su camino.

Por fin presenta sus trabajos para el ingreso en Bellas Artes.
Al profesor Ludwig Bartning le intriga su estilo.

Presiente en esta candidata un potencial inmenso.
Tiene empeño en que entre en la Academia.
Pero admiten a poquísimos judíos.
Único punto a su favor: el padre de Charlotte es un antiguo combatiente.
De tanto en tanto permiten respiraderos en el rebajamiento.
En fin, todo está en el aire.
Hay que presentar los trabajos a la comisión.
Ludwig quiere conocer a la joven artista.
Es un hombre bondadoso que milita contra las leyes raciales.
Charlotte se convertirá en su protegida.
¿A lo mejor ha visto en ella algo de lo que él carece?
Él pinta flores.
Flores elegantes.
Pero rezuman sensatez.
El día de la comisión de admisión la tensión se palpa.
El talento de Charlotte salta a la vista.
Pero queda descartado que ingrese en el centro.
Es arriesgadísimo.
¿Por qué es arriesgado?, se indigna Bartning.
Podría ser una amenaza para los jóvenes arios.
La judía es seductora, perversa.
Bartning dice que conoce a Charlotte.
Garantiza que no supone peligro alguno para los alumnos.
E insiste: es incluso muy reservada.
Así analizan la amenaza en potencia que representa Charlotte.
Ni por un segundo hablan de su talento.
La insistencia de Ludwig prevalece al fin.
Es un hecho único.
Charlotte Salomon, a quien han excluido de todas partes, es admitida.
Va a estudiar en la Academia de Bellas Artes de Berlín.

7

Con dicha bulímica, se sumerge en el trabajo.
Los profesores valoran su rigor y su inventiva.
A veces le reprochan el mutismo.
Habría que saber a qué carta quedarse.
Le pidieron que fuera discreta, que evitase hablar con los demás.
Sin embargo, hace una amistad.
Barbara, la hermosa rubia, la aria por excelencia.
¡Qué guapa soy, *heil* Hitler!, dice Barbara.
Por la tarde, les gusta irse juntas.
Charlotte escucha las confidencias de su amiga.
Le habla de su enamorado.
La vida parece maravillosa.
Ojalá Charlotte pudiera ser en parte Barbara.

En Bellas Artes, la libertad artística va mermando progresivamente.
Someten a los profesores a imperativos más estrictos.
Los nazis han decidido domar también los pinceles.
A veces irrumpen milicias en el vestíbulo.
Allí se quedan, husmeando el olor de la decadencia.
Es sencillísimo, hay que erradicar el arte moderno.
¿Cómo puede atreverse nadie a pintar algo que no sean campesinos rubios?
Hay que glorificar a los atletas, resaltar la fuerza y la virilidad.
Y jamás los cuerpos alucinados, retorcidos, destrozados de Beckmann.
Qué espanto de artista, la mismísima esencia del arte degenerado.

Beckmann, genio alemán, decide irse de su país en 1937.
Nada más oír el discurso de Hitler en Múnich.
El de la inauguración de la Casa del Arte Alemán:
«Antes de que el nacionalsocialismo tomase el poder...
No existía en Alemania sino ese supuesto Arte moderno.
¡Todos los años un arte moderno nuevo!

¡Pero nosotros queremos un arte alemán que tenga un valor eterno!
El arte no se fundamenta en el tiempo, en una época, un estilo, un año.
¡Sino únicamente en un pueblo!
¿Qué producís vosotros?
Lisiados torcidos y cretinos.
Mujeres que sólo pueden dar asco.
Hombres más próximos a los animales que a los seres humanos.
Niños que, si tuvieran que existir así...
¡Se los consideraría en el acto una maldición divina!»

Así definido, el arte degenerado es el núcleo de una magna retrospectiva.
Se trata de mostrar qué es lo que se prohíbe que guste.
Hay que educar la vista, formar el ejército del gusto.
Y, sobre todo, denunciar a los culpables de la decadencia.
Les dan el lugar de honor a Marc Chagall, a Max Ernst o a Otto Dix.
Hay empujones para denostar a la judería artística.
Tras los libros quemados llegan los cuadros llenos de escupitajos.
Entre esas obras se exponen garabatos de niños.
O cuadros pintados por retrasados mentales.
Así se escenifica la ejecución del arte moderno.

8

Charlotte se pone de parte de los artistas despreciados.
Le interesan las evoluciones pictóricas, las últimas teorías.
Tiene libros del historiador de arte Aby Warburg.
Cuando me enteré de eso, todo me pareció obvio.

Antes de saber de Charlotte, me apasionaba Aby Warburg.
En 1998, leí en el diario *Libération* un artículo titulado:
«Warburg, operación rescate...».
El periodista Robert Maggiori hablaba de una *biblioteca mítica*.

La palabra biblioteca me detuvo.
Busco una, que me persigue desde siempre.
Es una visión de la infancia, obsesiva.
¿Procede de una vida anterior?

Algo me atraía en ese nombre, Aby Warburg.
Así que leí todo cuanto había acerca de ese curioso personaje.
Rico heredero, el mayor de la familia, lega su fortuna a sus hermanos.
Con la única condición de que le compren todos los libros que pida.
Aby Warburg es, pues, el germen de un fondo de bibliófilo inaudito.
Tiene teorías sobre cómo colocar los libros.
Muy en especial la de la *buena vecindad.*
El libro que estamos buscando no tiene por qué ser el que debemos leer.
Hay que mirar el de al lado.

Se pasa horas andando entre los libros, con una dicha extática.
En las lindes de la demencia, habla también con las mariposas.
Por lo demás, lo internaron muchas veces.
En esos casos cita a todos los médicos.
E intenta demostrarles que no está loco.
¡Si se lo demuestro, me dejan ustedes salir!
Tras su muerte, en 1929, su obra perdura por obra y gracia de sus discípulos.
Al frente de los que se halla Ernst Cassirer.
Presienten el peligro y deciden salvar la biblioteca.
La trasladan a Londres en 1933 (libros que huyen del nazismo).
Allí sigue, en Woburn Square.
La he visitado muchas veces.

En julio de 2004 conseguí una beca para un viaje literario.
Lo que en Francia se conoce como *una misión Stendhal.*
Tenía que ir a Hamburgo a ver la casa natal de Warburg.
Quería escribir un libro sobre él, por supuesto.
Pero también poner frente a frente mi conmoción y la realidad.

Porque pensaba continuamente en él.
Su personalidad, su época, la historia de la biblioteca desterrada.
Me puse en marcha convencido de la inminencia de una revelación.
Pero no sucedió nada.
¿Qué esperaba exactamente?
No sabía ya ni lo que había ido a buscar.
Alemania me atraía cada vez más.
Y su lengua me obsesionaba.
Escuchaba *Lieder* que cantaba Kathleen Ferrier.
En varias de mis novelas, mis personajes hablan alemán.
Algunas de las protagonistas enseñan esa lengua o la traducen.
Surcaba esa intuición borrosa.
Todos los artistas que me gustaban eran germánicos.
E incluso los diseñadores, el colmo.
Porque no hay nada que me interese menos que los muebles.
Empezaron a gustarme con locura los escritorios del periodo de la Bauhaus.
Iba a Conran Shop sólo para mirarlos.
Abría los cajones como otros se prueban zapatos.
En Berlín empezó a gustarme Berlín.
Me quedaba horas en la terraza de un café, en Savignyplatz.
U hojeando los libros de arte de las librerías de ese barrio.
Me dijeron que esa atracción estaba de moda.
Es cierto, a todo el mundo le gusta con locura Berlín.
Estoy rodeado de personas que querrían vivir allí.
Pero no me sentía a la moda.
Antes bien, estaba viejo y pasado de moda.

Y luego, descubrí la obra de Charlotte.
Por la mayor de las casualidades.
No sabía qué iba a ver.
Había quedado para comer con una amiga que trabajaba en un museo.
Me dijo: deberías ir a ver la exposición.
Fue cuanto me dijo.

Es posible que añadiera: debería gustarte.
Pero no estoy seguro.
Ninguna premeditación.
Me condujo a la sala.
Y fue algo inmediato.
La sensación de haber encontrado por fin lo que andaba buscando.
El desenlace inesperado de mis atracciones.
Mis vagabundeos me habían conducido al lugar adecuado.
Lo supe en el preciso instante en que descubrí *¿Vida? ¿O teatro?*
Todo cuanto me era querido.
Todo cuanto me tenía trastornado desde hacía años.
Warburg y la pintura.
Los escritores alemanes.
La música y la fantasía.
La desesperación y la locura.
Ahí estaba todo.
En un estallido de colores vivos.

La complicidad inmediata con alguien.
La sensación extraña de haber estado ya en un sitio.
Todo eso me daba la obra de Charlotte.
Ya conocía lo que estaba descubriendo.

La amiga que estaba a mi lado me preguntó: ¿qué, te gusta?
No pude contestar.
La emoción me lo impedía.
Debió de pensar que no me interesaba.
Siendo así que.
No sé.
No sabía cómo expresar lo que sentía.

Hace poco di con un texto de Jonathan Safran Foer.
No puede decirse que conozca a ese autor.

Pero me inspira una simpatía un poco boba.
Porque a veces estamos pegados uno a otro en los estantes.
Cada cual anuda lazos como puede.
Otra versión de la ley de la buena vecindad.
El texto cuenta el impacto que sintió al descubrir a Charlotte.
Fue en Ámsterdam.
También él se encontró con ella por casualidad.
Alude a la cita importante que tenía aquel día.
Y que se le ha esfumado literalmente de la memoria.
Yo salí con ese mismo estado de ánimo.
Nada tenía ya importancia.
Es muy infrecuente esa sensación de que algo te invada por completo.
Yo era un país ocupado.
Pasaron los días sin que nada alterase esa sensación.

Me he pasado años tomando notas.
He recorrido su obra sin cesar.
He citado o recordado a Charlotte en varias de mis novelas.
He intentado escribir este libro muchísimas veces.
Pero ¿cómo?
¿Debía incluirme en él?
¿Debía novelar su historia?
¿Qué forma debía adoptar mi obsesión?
Empezaba, probaba, luego renunciaba.
No conseguía escribir dos frases seguidas.
Me quedaba varado en todos los puntos.
Imposible progresar.
Era una sensación física, una opresión.
Sentía la necesidad de poner punto y aparte para respirar.

Entonces caí en la cuenta de que había que escribirlo así.

Cuarta parte

1

Ocurre ahora en la vida de Charlotte un magno acontecimiento.
Ese acontecimiento es un hombre.

La verdad es que no puede decirse si Alfred Wolfsohn es guapo o feo.
Hay fisonomías que parecen una pregunta sin respuesta.
Sólo sabemos que no es posible apartar la mirada.
Cuando está presente, sólo se lo ve a él.

En este momento en que lo busco para describirlo, va andando deprisa.
Recorre Berlín, sudoroso.
Debe atender a su madre enferma, a su hermana incapacitada para trabajar.
Pero ¿dónde encontrar dinero?
Es profesor de canto y no le permiten ya ejercer en ninguna parte.
Sólo le queda la *Kulturbund*.
La asociación de ayuda mutua que creó Kurt Singer.
Es el único que puede ayudarlo.

Llega con retraso, como siempre, y entra, por fin, en el despacho de Singer.
Balbucea unas cuantas disculpas incomprensibles.
Hace con los brazos aspavientos exasperados.
Con esos brazos perdidos en un abrigo que le está grande.
Pese a la comicidad de aquella aparición, Singer no sonríe.
Porque Alfred es una personalidad eminente.
Es peculiar y fantasioso, pero tiene un talento inmenso.

Ha desarrollado teorías nuevas para los métodos de canto.
Hay que ir a buscar la voz en lo más hondo de uno.
¿Cómo pueden los niños de pecho pasarse tanto rato chillando?
Y ni siquiera se les resienten las cuerdas vocales.
Hay que retroceder hasta el manantial de esa potencia.
Una inmersión insensata hacia lo que llevamos escondido dentro.
Es posible que todo esto tenga también una relación con la muerte.

Alfred embruja y encanta; dan ganas de ayudarlo, e incluso de salvarlo.
Kurt piensa, luego vislumbra una solución.
La gran cantante Paula Salomon se ha quedado sin profesor.
El que llevaba tanto tiempo trabajando con ella acaba de dejarla.
Ha roto a su pesar esa colaboración.
No le quedaba más remedio.
Lo amenazaban si seguía trabajando con una judía.
La última clase fue una quemadura dolorosa.
Se separaron en el descansillo, en silencio.

Pocos días después, llaman a la puerta.
Debe de ser el profesor que envía Kurt Singer.
Muy bien, por una vez no llega tarde.
Paula abre la puerta, le indica con un ademán que entre.
Antes incluso de quitarse el abrigo dice: es un honor.
Antes incluso de saludar, por cierto.
Un cumplido que agrada a Paula.
Los elogios cada vez escasean más.
Ya casi no canta en público.
Le han quitado el derecho a recibir aplausos.
Pero tiene que seguir cultivando la voz.
Porque volverá, seguro.

Alfred se encamina directo al piano.
Se adelanta a Paula, como si ya estuviera en su casa.

Roza con los dedos el instrumento, y sólo entonces se quita el abrigo.
Vuelve la cabeza hacia su anfitriona y la mira directamente a los ojos.
Tras un momento de silencio, se engolfa en un monólogo.
Tiene que contratarme, es menester.
Cantaba usted mejor antes, al principio de su carrera.
La rutina del éxito debe de haberla adormecido.
Su último disco es espantosamente mecánico.
Puedo decírselo con sinceridad, le falta alma.
Es usted inmensa, pero con eso no basta.
Voy a hacer de usted la mejor cantante del mundo.
Mis métodos son revolucionarios, ya lo verá.
Bueno, quiero decir que ya lo oirá.

Sigue hablando muchos minutos, ante Paula estupefacta.
¿Cómo se atreve?
¿Cómo puede presentarse así y espetarle tantas certidumbres?
Sin embargo, no deja de tener razón.
Paula nota que su relación con la música se ha vuelto sensata.
¿Qué ha sucedido?
¿Es por la situación política?
¿O es el éxito, que lo anestesia todo?
Se suponía que este hombre venía para ayudarla; pero Paula pierde pie.
Hacía tiempo que nadie le había asestado tantas verdades.

Alfred se está arriesgando mucho.
Necesita sea como sea un empleo.
Es una acción desmedida hablarle así a Paula.
Podría decirle que se fuera.
¿Quién es él para juzgarla así?
Sigue hablando mientras pasea arriba y abajo por el salón.
Con las manos a la espalda.
¿Callará alguna vez?
Paula quiere interrumpirlo, decirle: ya he entendido por dónde va.

Querría, pero es imposible.
Es como si Alfred estuviera dando salida a siglos de palabras.
Se toma muy a pecho ese cometido que aún no le ha encargado nadie.
Paula se da cuenta de que no debe predisponerse en contra de él.
Por muy torpe que sea este hombre, lo hace por su bien.
Sólo desea enseñarle las cosas de las que está convencido.

Alza la mano para indicarle que se calle ya.
Como si no; sigue hablando más y más.
Paula no se entera de todo lo que cuenta.
Por lo visto, estamos en plena anécdota sobre Bach.
Él ve por fin la mano alzada.
Entonces se calla de pronto.
Paula nota que cuanto ha oído la ha dejado exhausta.
Sin embargo, saca fuerzas para decir: empieza usted mañana.
Lo espero a las diez.

2

Comienza entonces una relación intensa.
Todas las mañanas, se encuentran junto al piano.
Mientras tanto, Albert cuida a los enfermos.
Y Charlotte se dibuja a sí misma.
En Bellas Artes, estudia el autorretrato.

Alfred es ahora un auténtico divertimento para Paula.
Es encantador, excéntrico, increíblemente erudito.
Se pasan horas hablando.
Al profesor lo tiene obsesionado el mito de Orfeo.
Está, por lo demás, escribiendo un libro sobre eso.
Piensa continuamente en la travesía de las tinieblas.

¿Cómo se regresa del caos?
Para entender su obsesión hay que volver al pasado.

Con apenas dieciocho años se va al frente.
Quiere huir, desaparecer, pero es imposible.
A la sazón, una vida de hombre es una vida de combatiente.
Helo aquí enfrentado a lo peor.
Se encuentra con el miedo.
De pie, en la niebla, está prohibido dar media vuelta.
A los desertores los fusilan.
Las nubes están bajísimas.
De la tierra removida sale un hálito de cuerpos descompuestos.
El paisaje no es sino una dilatada desolación.
Igual que Otto Dix, Alfred cree que es *obra del diablo.*

Un ataque diezma su regimiento.
Contempla por doquier, a su alrededor, los cuerpos martirizados.
Él también tiene por fuerza que estar muerto.
No obstante, algo sigue palpitando en él.
Seguramente es el corazón, oculto en lo hondo del cuerpo.
Le duelen los oídos.
La explosión le ha reventado los tímpanos.
Sin embargo, le parece distinguir una llamada.
¿O un estertor?
Alfred abre los ojos, así que está vivo.
Ve al soldado que muere junto a él.
Implorando su ayuda.
En ese momento, Alfred nota una presencia.
Unos franceses se les están acercando.
Probablemente en busca de supervivientes, para rematarlos.
No puede ayudar al otro.
No puede.
No es posible.

Tiene que dejarlo como está.
Brindado a su muerte segura.
Alfred se desliza bajo un cadáver.
Y deja de respirar.

¿Cuánto tiempo estuvo así?
Imposible decirlo.
Al fin, una patrulla rescata a los heridos.
Alfred ya no se acuerda de nada.
Lo repatrían, va a Berlín, ni siquiera reconoce a su madre.
Sigue en ese estado un año.
El año 1919 no existe para él.
Ya no puede hablar, va de sanatorio en sanatorio.
Con otros compañeros que también tienen la vida destrozada.
Pasan los meses, y hay que dejar atrás el infierno.
Sobre todo no mirar atrás, como Orfeo.

En el corazón de las tinieblas suena entonces una melodía.
Al principio, apenas si se la distingue.
Es el renacimiento de su voz.
Empieza a cantar bajito.
Más que nunca van juntas la música y la vida.
Y así fue como Alfred se arrojó al canto, para sobrevivir.
Igual que uno se tira al agua para morir.

3

Junto a Alfred, Paula nota que progresa.
Deja que la guíe del todo.
Y que la maltrate a veces.
Es capaz de interrumpirla en pleno *Lied*.
De insultarla por errar el tempo.

Ella entonces se echa a reír.
Él se toma su misión tan a pecho.
¿Cómo definir lo que nota?
Digamos que se siente en su lugar.
Algo lo clava aquí.
A decir verdad, se ha enamorado.
Le escribe a Paula unas cuantas cartas ardientes.
Vamos, a quién se le ocurre.
A usted le gusta estar conmigo, pero no me quiere.
Es posible que Paula esté en lo cierto.
Alfred, sencillamente, es feliz al notar que le late el corazón.

Ese día, Charlotte regresa antes de lo previsto.
Quiere conocer al famoso profesor de canto.
El maestro y la alumna no la oyen.
Paula suelta gritos extraños en presencia de un Alfred fuera de sí.
Él alza los brazos como si quisiera tocar el techo.
Charlotte no sale de su asombro.
¡Más, más, más!, asesta Alfred.
El grito es tan estridente que casi resulta inaudible.
Charlotte se tapa los oídos con las manos.
No se atreve a mostrarse ni a avisar de su presencia.
Pero Paula la ve de repente e interrumpe el grito.
Ah, es mi Lotte.
Ven, cariño, ven.
Acércate que te voy a presentar al señor Wolfsohn.
Bueno, Alfred, que me llame Alfred.
Charlotte se acerca despacio.
Tan despacio que podría jurarse que no avanza.

4

Al acabar la clase, Alfred entra en el cuarto de Charlotte.
Dibuja, en su escritorio, pero se paraliza cuando llega el visitante.
Él se fija en los mínimos detalles de la habitación.
¿Así que estudia Bellas Artes?
Sí.

Sí: es la primera palabra que le dice a ese hombre.

Alfred empieza a hacerle montones de preguntas.
¿Cuáles son sus pintores preferidos?
¿Tiene algún color favorito?
¿Le gusta el Renacimiento?
¿Apoya a los degenerados?
¿Va mucho al cine?
Habla demasiado deprisa, se le encabalgan las palabras en la boca.
Charlotte, desorientada, mezcla las respuestas.
Contesta «malva» cuando le pregunta si ha visto *Metrópolis*.

Ahora es Paula quien entra en la habitación.
Mi querido Wolfsohn, deje en paz a esta criatura.
La quiero como si fuera mi hija, no le dé la lata.
No me molesta, contesta Charlotte.
No es frecuente verla reaccionar así.
Lo habitual es que intercale vacilaciones que parecen mundos.
Entre lo que piensa y lo que dice.
Paula se queda sorprendida.
¿Está celosa?
No, no está enamorada de Alfred.
Al contrario, está bien que él se interese por Charlotte.
Con lo poco que se relaciona.

Se encierra en el dibujo de forma casi religiosa.
Así que Paula sale de la habitación para dejarlos a solas.

Alfred pasa revista a los bocetos de Charlotte.
Ella nota que la invade el miedo.
Le tiembla el cuerpo, pero desde dentro.
Tiene usted un talento por encima de la media.
Un elogio que puede parecer un tanto tibio.
Pero que Charlotte interpreta como una forma de darle ánimos.
Ese hombre está en su cuarto, y le hace caso.
Un dibujo se le mete entonces por los ojos al profesor.
¿Qué ha representado aquí?
Me he inspirado en un poema de Matthias Claudius.
La verdad es que está en el libreto de Schubert.
Es una ilustración de *La muerte y la doncella.*
Alfred parece turbado.
Antes de decir, sencillamente: la muerte y la doncella somos nosotros.

Charlotte recita sin alzar la voz lo que dice la Doncella:

¡Vete! ¡Ah! ¡Vete!
¡Esqueleto cruel, aléjate!
Todavía soy joven, déjame.
No me toques.

Y Alfred responde con el texto de la Muerte:

Dame la mano, joven dulce y tierna.
Como amiga vengo, no para castigarte.
Ten valor, yo no soy cruel.
Dormirás sosegada en mis brazos.

Se quedan un instante en silencio.
Luego, sin una palabra más, Alfred sale de la habitación.
Charlotte se levanta para apostarse en la ventana.
Un minuto después, ve al profesor en la calle.
¿Se volverá para mirarla?
No, qué idea tan absurda.
Ya se habrá olvidado de ella.
Ha entrado sin más intención que saludarla.
Mera cortesía.
La forma en que ha mirado sus dibujos ¿también era eso?
Un instante de pura cortesía.
Aunque sí que parecía sincero.
Charlotte no sabe, ya no sabe.

Desde la ventana, ve cómo se aleja por la calle.
No se vuelve, disminuye de tamaño progresivamente.
Intenta no perderlo de vista mientras puede.
Va moviendo la cabeza al andar.
Podría pensarse que conversa consigo mismo.

5

Al salir de Bellas Artes, también Charlotte camina deprisa.
Barbara intenta retenerla, pero no lo consigue.
Se queda sola y se pone triste.
Con lo bien que sabe escucharla Charlotte normalmente.
Tiene unos oídos que son un pozo ideal para las confidencias.
Ella le cuenta las cosas que le pasan y el beso con Klaus.
Pero nota algo raro.
Aunque la vida de Charlotte le parece lúgubre, a veces le tiene envidia.
Hay en ella una fuerza que emociona.
¿Será el carisma de los silentes?

¿O la fortaleza triste que rezuma de los excluidos?
Barbara lo tiene todo, salvo lo que es Charlotte.
Así que echa a correr detrás de ella.
Pero Charlotte ya está lejos.

En cuanto puede, intenta cruzarse con Alfred.
Cuando llega muy tarde, se desploma en la cama.
Desde que él entró en su cuarto, se nota sometida.
Sometida al poderío de su mirada.
Pinta para él, para que le dé su aprobación.
Se siente como una tonta.
Lo ha vuelto a ver varias veces.
Él se ha limitado a una sonrisa rápida.
Sin tomarse tiempo para volver a interesarse por ella.
¿Ese interés suyo sólo duró un día?
Quizá en todo esto exista cierta coherencia.
Si un país entero la rechaza a una, ¿qué se puede esperar de un hombre?

Cuando ya no esperaba nada, Alfred vuelve a aparecer.
Se invita a su cuarto, sin llamar.
Ella alza la cabeza.
Espero no molestarla.
No, no, estaba soñando.
Tengo que proponerle algo, añade Alfred.
Habla en tono serio, casi autoritario.
Charlotte abre unos ojos como platos.
A ver, es algo delicado, empieza a decir él.
He escrito un texto... digamos... muy personal.
Sí, este libro sólo habla de mí.
Me parece que una obra tiene que desvelar a su autor.
En fin, no tengo nada en contra de la ficción.
Pero todas esas cosas son diversiones.
Y las personas necesitan divertirse.

Es su forma de no ver la verdad.
En fin, ya le digo que no es importante.
Tenemos el sentido del desorden.
Y no hay nada más importante, ¿entiende?
Nos corresponde decidir cuál es el momento propicio para el caos.
Y nos corresponde decidir lo referido a la muerte, por supuesto.
Me queda la libertad de pedirle peras al olmo.
A usted también, ¿verdad?

Sé que no me decepcionará.
Tengo puesta en usted una esperanza muy grande.

Ahora Alfred hace una pausa.
Todo lo que él pida, Charlotte lo hará.
Su presencia basta para dar intensidad a todos los momentos.
Me gustaría que ilustraras mi novela, dice por fin.
Tuteándola de repente.
Sin esperar siquiera a que le responda, coge la bolsa.
Y saca un legajo de hojas garabateadas.
Charlotte toma cuidadosamente el manuscrito.
Y se apresura a leer por encima las primeras líneas.
Cuando alza la vista, él ya se ha esfumado.

6

Charlotte lee varias veces el texto de Alfred.
Apunta en una libreta las palabras clave del libro.
Es un recuerdo del tiempo que pasó debajo de un cadáver.
Podemos abandonarlo todo, menos las obsesiones.
Muchas escenas parecen salidas de las tinieblas.
Charlotte halla belleza en esa expresión del miedo.
¿Acaso no está ella continuamente asustada?

Cuando anda, cuando habla, cuando respira.
Tiene prohibición de residencia en parques y piscinas.
Toda su ciudad es un campo de batalla.
Una cárcel para su sangre.

Empieza trazando unos apuntes.
Les dedica horas, días, noches.
Tiene la vida entera entre paréntesis.
Ansía tanto estar a la altura de la confianza que ha depositado en ella.
Han concertado una cita.
Dentro de dos semanas, en el café de al lado de la estación.
Así se verán sin que Paula se entere.

Llegado el día, Charlotte se pinta un poco los labios.
¿Se reirá de ella?
¿De su deseo de ser femenina?
Acaba por quitarse el carmín.
Y luego se vuelve a pintar.
No sabe qué hay que hacer.
Para parecerle guapa a un hombre.
Nadie la mira nunca.
O será que ella no se fija.
Barbara le ha dicho que a su Klaus le parecía bonita.
Bueno, no, no dijo bonita.
Dijo que tenía una cara con mucha fuerza.
¿Y eso qué quiere decir?
Para ese chico es un cumplido.
A él Barbara le parece guapa, pero sin carácter.
Pero eso a Charlotte le importa un bledo.
Lo que quiere es gustarle a Alfred.

Lo espera en el café, cerca de la estación central.
Al quedar aquí están desafiando la ley.

Está sentada y clava los ojos en el gran reloj.
Alfred llega tarde.
¿Se le habrá olvidado?
¿Se habrá equivocado ella de día?
No es posible que no venga.
Por fin llega, treinta minutos después de la hora prevista.
Se dirige rápidamente a Charlotte.
Ni siquiera la ha buscado con los ojos.
Como si supiera instintivamente dónde estaba.
Mientras se sienta, ya ha empezado a hablar.
Es posible incluso que hubiese empezado la frase hace un rato.
Levanta el brazo para pedir una cerveza.
A Charlotte la tiene aturdida su aparición.
Él gira la cabeza a derecha e izquierda.
Como si lo atrajera todo cuanto no sea ella.

El camarero trae la bebida que ha pedido; y se la echa al coleto en el acto.
De un trago, sin respirar entre sorbo y sorbo.
Sólo a continuación se disculpa por el retraso.
Charlotte dice que no tiene importancia.
Pero él no atiende.
Empieza a hablar de Kafka.
Sin más; Kafka irrumpe.
Quería contarte, Charlotte, mi revelación.
La obra entera de Kafka se asienta en el asombro.
Es su tema principal.
Si lees bien sus libros, lo verás asombrado.
De la transformación, de la detención, de sí mismo.
Charlotte no sabe qué contestar.
Había previsto decir unas cuantas cosas, unos análisis.
Estaba dispuesta a hablar de la novela de Alfred.
Pero no de Kafka.
Acerca de Kafka, carece de palabras.

Menos mal que él pregunta por los dibujos.
Charlotte saca la gran carpeta, llena de hojas.
A Alfred le sorprende la envergadura de la obra realizada.
Piensa: esta muchacha debe de estar enamorada de mí.
Podría notar cierta satisfacción por ese hecho.
Pero hoy hay algo que lo asfixia.
Su estado de ánimo va pisando fango.
No es el momento adecuado, eso es lo que pasa.
Le lanza una ojeada rápida al trabajo de Charlotte.
Luego dice que no tiene tiempo de opinar.
Se comporta de forma humillante.
¿Por qué obra así?
Él, que suele ser tan dulce y bondadoso.
Se pone de pie y anuncia que se marcha.
Al pasar agarra la carpeta de los dibujos.
A ella ni siquiera le da tiempo a pensar en levantarse también.
Él ha salido huyendo tan deprisa.
Ya ha acabado todo.
Hubiérase dicho el borrador de una cita.

Charlotte se queda sola, aturdida.
Sale del café con paso inseguro.
Qué frío hace ahora en Berlín.
¿Por dónde tiene que ir?
Ya no reconoce nada.
Se le nubla la vista.
Porque tiene los ojos llenos de lágrimas.
Podría tirarse desde un puente.
Y morir en el agua helada.
La pena se le convierte en impulsos morbosos.
Morir, tiene que morir lo antes posible.
De repente se adueña de ella un sentimiento extraño.

Tiene que saber qué le parecen a Alfred sus dibujos.
Podría guardarle rencor, pero no se lo guarda.
Lo que opine él sigue siendo más importante que su propia vida.

7

Pasan los días sin la mínima noticia.
Charlotte no se atreve a preguntarle a Paula la fecha de la clase siguiente.
Tiene que esperar con mucha formalidad.
De todos modos, Alfred volverá.
El regreso es su trayectoria preferida.

Aquí está por fin.
Charlotte vuelve a casa y oye cantar a Paula.
Cruza calladamente el salón para no molestarlos.
Pero lo bastante despacio para que la vean.
Con la dicha del momento se vuelve amnésica.
Se le olvida por completo el chasco del café.
Ya no existe nada sino el éxtasis de ver otra vez a Alfred.
Va a sentarse en su cama, una joven dócil, esperanzada.

Alfred abre la puerta de su cuarto.
No llama, como de costumbre.
No hay entre ellos ninguna frontera.
Quería disculparme, dice en el acto.
Por haberme portado con tanta rudeza.
A ella le gustaría contestar que no pasa nada, pero no puede.

De mí no hay que esperar nada.
¿Me oyes?
Charlotte asiente con la cabeza, mansamente.
Si me agobian, no puedo dar nada.

No soporto la idea de que me estén esperando en algún sitio.
La libertad es el lema de los supervivientes.
Alfred le pone una mano en la mejilla a Charlotte.
Antes de decir: gracias.
Gracias por los dibujos.
Son ingenuos, aproximativos, sin rematar.
Pero me gustan por la fuerza de lo que prometen.
Me gustan porque oí tu voz al mirarlos.
Noté algo así como una pérdida y una incertidumbre también.
Quizá, incluso, un atisbo de locura.
Una locura tenue y dócil, formal y cortés, pero real.
Eso es.
Eso es lo que quería decirte.
Somos un comienzo estupendo.

Alfred se despide con un apretón de manos.
Ha entendido que Charlotte se ha entregado como un libro abierto.
Por vez primera, sus dibujos se los ha dictado la necesidad.
No ha llevado a cabo la obra, la ha vivido.
Es un momento fundacional para la joven.
El hombre a quien quiere le ha puesto palabras a su frenesí.
Lo que acaba de vivir la embriaga.
Ahora sabe dónde ir.
Sabe dónde esconderse, resguardarse del odio.
¿Puede confesarse a sí misma que se siente artista?
Artista.
Repite esa palabra.
Sin ser realmente capaz de definirla.
Da lo mismo.
Las palabras no siempre necesitan un destino.
Se les permite detenerse en las fronteras de las sensaciones.
Vagando sin cabeza por el ámbito de lo impreciso.
Y tal es, en efecto, el privilegio de los artistas: vivir en la confusión.

Da vueltas por su cuarto.
Da saltos en la cama, se ríe tontamente.
Su destino ahora mismo le parece fabuloso.
Se adueña de ella la desmesura.
Adopta forma de fiebre.
Una fiebre de verdad.
Charlotte está hirviendo.
Por la noche, su padre se preocupa mucho.
Le toma la temperatura a su hija.
Y se fija en el ritmo extraño del pulso.
Entonces le hace muchas preguntas.
¿Has salido poco abrigada?
No.
¿Has comido algo que te ha sentado mal?
No.
¿Estás disgustada?
No.
¿Es que te ha insultado alguien?
No, papá.

Charlotte lo tranquiliza, dice que está mejor.
Ha sido una crisis pasajera, todo va bien.
Tranquilizado, le da un beso a su hija.
Y comprueba que se le ha pasado la calentura.
Pero ¡qué fenómeno más extraño!
Cuando ya se ha ido, Charlotte no consigue dormir.
Sólo ella sabe lo que le ha pasado a su cuerpo.

8

Charlotte quiere deslumbrar a Alfred, eso desde luego.
Pero su esperanza es compleja.

Tras la sensación de fuerza, vuelve a sumirse en la duda.
Y se dedica a hacerse de menos.
No se puede creer que despierte un interés verdadero.
Al hombre no le quedará más remedio que percatarse de lo mediocre que es.
Está claro.
Posará en ella una mirada de luz.
Y se echará a reír, dejando al descubierto la superchería.

Charlotte quiere esconderse debajo de la manta.
De pronto, los ánimos se convierten en miedos.
Le asusta muchísimo la idea de volver a verlo.
Volver a verlo es correr el riesgo de decepcionarlo.
Y la dejará, es algo que ya está escrito.
Entonces ella sufrirá.
Tiene muchísimo miedo.
¿Así es como se ama?

Cuando vuelve a ver a Alfred, se nota de humor taciturno.
Alberga en el cuerpo un ejército de paréntesis.
Tienes algo así como una barrera alrededor, le dice él.
Entonces intenta hacerla reír.
Prueba con lo absurdo, con lo grotesco, con la desmesura.
Charlotte esboza una sonrisa.
Es una brecha en su crispación.
Ya nadie intenta divertirla.
Desde hace años, el ambiente es lúgubre.
Todas las noches, su padre trata de ocultar las humillaciones del día.
Paula hace como que piensa en su carrera.
En el día en que podrá volver a viajar.
Alfred no es como ellos.
Es un hombre que no sale de ningún sitio.
Nadie diría que respira en 1938.

La ha vuelto a citar en un café.
Es la segunda vez que se enfrentan a la prohibición.
No tienen derecho a estar ahí, pero da lo mismo.
Es un sitio peculiar.
Por entre las mesas pasean muchos gatos.
Y se frotan contra las piernas de los clientes.
Hay como un ambiente de sueño despierto.
Con el humo denso que brota de algunos cigarros puros.
Conozco a todos los gatos de aquí, dice Alfred.
A todos los he bautizado con nombres de músicos.
Ese pequeño es Mahler, y el gordo es Bach.
Mira cómo ronronea Vivaldi.
Y además, claro, está mi preferido.
Beethoven.
Vas a ver, está sordo como una tapia.
Llámalo, ofrécele leche, no se volverá.
Charlotte, con cierto apuro, intenta atraer al gato.
Nada, no la mira.
Guiña los ojos, al filo del sueño.

Alfred sigue humanizando a los gatos.
Aprovecha para volver a hablar de Schubert.
Los dos vuelven a recordar *La muerte y la doncella.*
Es un cuarteto que los obsesiona de forma muy parecida.
Alfred se engolfa en un monólogo sobre la vida del músico.
¿Sabes? Schubert no se daba mucha maña con las mujeres.
Era bajo y se encontraba deforme.
Con todo lo que compuso, poco sabía del sexo.
Murió casi virgen.
A veces se nota, al escucharlo.
Sus melodías húngaras son de alguien virgen.
No hay carne en Schubert.
Y luego se acostó con una prostituta.

Que le contagió una enfermedad mortal.
Estuvo años agonizando.
Pobre Schubert, ¿verdad?
Bueno, ahora tiene un gato que se llama como él.
No deja de ser una forma de posteridad.

Charlotte está aturdida.
Piensa en Schubert, claro.
Pero hay una cuestión más íntima que la tiene en ascuas.
¿Y tú?
¿Qué pasa conmigo?
Y tú, Alfred, ¿has conocido a muchas mujeres?
Mujeres...
Sí, a algunas he conocido.
Así es como contesta.
De forma evasiva.
Y luego, de pronto, rectifica.
Sí, he conocido a mujeres.
No puedo decirte cuántas.
Pero todas tuvieron su importancia.
No puede ser algo anodino.
Una mujer desnuda ante mí.
Una mujer que abre la boca.
Las respeté a todas.
Incluso a las más efímeras.

9

Charlotte se olvida del resto del mundo.
De que preocupa a los suyos.

Cuando vuelve, su padre la está esperando en el salón.
¿Está aliviado o furioso?
Seguramente una mezcla de ambas cosas.
Al cabo de un momento, Albert empieza a dar voces.
¿Dónde estabas?
¿No se te ha ocurrido pensar en nosotros?
¿En lo preocupados que estaríamos? ¿Y lo desesperados?
Charlotte agacha la cabeza.
Sabe que de noche puede suceder cualquier cosa.
Si se tropieza con un control, pueden detenerla.
Pueden pegarle, torturarla, violarla, matarla.
Se disculpa, pero no consigue llorar.
Se limita a contestar que estaba enfrascada en sus cosas.
Es la primera coartada que se le ocurre.
Paula interviene para poner paz.
No vuelvas a hacernos algo así, dice.
Si quieres enfrascarte, enfráscate aquí.

Charlotte promete tener cuidado.
Pero ésa no es vida para una joven.
Tiene veintiún años, lo que quiere es ser libre.
Es preciso planificar el mínimo hálito.
Está prohibida toda improvisación.
Pero, en el fondo, esta noche nada tiene importancia.
Es feliz.
Podría vivir encarcelada, mientras él estuviera ahí.
Al ir a darle un beso a su padre, asoma una sonrisa.
A Charlotte se le ilumina la cara.
Intenta sofocar una risa irreprimible.

Paula la contempla, sin entender qué pasa.
Es la primera vez que la ve así.
Suele ser tan retraída.

Hace dos minutos estaba a punto de echarse a llorar.
Era sincera al disculparse.
Y ahora resulta que está tan risueña.

Perdón.
Perdón, repite Charlotte, mientras se va corriendo a su cuarto.
Paula y Albert se miran, muy serios.
Por no decir preocupados.
A fin de cuentas, la demencia es cosa de familia.

10

Pocos días después, quedan en Wannsee.
Un sitio mágico de Berlín, con tres lagos.
El tiempo nublado ha ahuyentado a la gente.
Ahora mismo están solos.
Y Charlotte es libre.
En esta ocasión ha avisado: estoy en casa de Barbara.

Se sientan en un banco prohibido para ellos.
Con el cuerpo tapan el letrero.
NUR FÜR ARIER: sólo para arios.
Con Alfred, Charlotte se siente capaz de atreverse.
No aguanto más esta época, dice.
Esta época que no se acaba nunca.

A pocos metros de su banco, está la villa Marlier.
Admiran la belleza y la elegancia de esa casa.
El 20 de enero de 1942 se reunirán aquí los altos dignatarios nazis.
Para una breve sesión de trabajo que dirige Reinhard Heydrich.
Los historiadores la llaman *la conferencia de Wannsee.*
En dos horas ponen a punto los engranajes de la Solución Final.

Quedan definidos los métodos de liquidación.
Ahora ya está todo claro.
Nos ha cundido el trabajo, señores.
Ya es hora de ir a descansar un rato al salón.
Sirven un coñac estupendo.
Y lo paladean con la satisfacción del deber cumplido.

Hoy, las fotos preservan a los hombres de esa reunión.
Son inmortales, o más bien tienen prohibición de residencia en el olvido.
La villa se ha convertido en un lugar para la memoria.
Fui a visitarla con un sol radiante en julio de 2004.
Es posible cruzar el horror.
La larga mesa de la reunión da miedo.
Como si los objetos hubieran tenido arte y parte en el crimen.
Ese lugar lleva para siempre una carga de terror.
Así que esto es *sentir un escalofrío por la espalda.*
No había entendido nunca esa expresión.
La manifestación física de una punta de hielo.
Que recorre la columna vertebral.

11

Alfred coge de la mano a Charlotte.
Vamos a dar un paseo en barca.
Pero si seguramente va a llover, contesta ella.
¿Y qué pasa?
¿De verdad que la lluvia es un peligro en Alemania?
Se suben a la barca.
Y dejan que vaya a la deriva por el extenso lago.
El cielo se oscurece, como la penumbra de un dormitorio.
Charlotte se recuesta.
Y le resulta aún más agradable por los movimientos del agua.

Podría ir a la deriva para siempre.
Está en una postura que le recuerda a Alfred una obra de Miguel Ángel.
Una escultura que se llama *La Noche.*
Tiene delante un ideal.
Empieza a tronar.
El trueno purifica el mundo, dice.
Se le acerca para besarla.

Perdidos en el beso, no oyen.
Un hombre les grita que vuelvan.
Qué locura no resguardarse del diluvio.
Por fin vuelven a la realidad.
La barca está llena de agua.
Hay que regresar enseguida a la orilla.
Charlotte intenta achicar el agua con las manos.
Entretanto, Alfred rema.
Llegan felizmente a tierra.
Desembarcan riendo.
Mientras, el que alquila las barcas los mira estupefacto.
Entonces se van a todo correr del parque.
La lluvia los ha convertido en fugitivos.

12

Charlotte se aviene a ir a casa de él.
Entran, chorreando, en el cuartucho.
Qué más da el escenario.
Hay libros amontonados en el suelo.
Él le dice que se desnude para no coger frío.
Ella obedece sin pararse siquiera a pensarlo.

Creía que tendría miedo, y es todo lo contrario.
Nota que le crece la audacia en proporción al deseo.
Él articula: Charlotte.
Varias veces.
A ella le gusta su nombre en su boca.
Charlotte, una vez más.

Está desnuda, de pie.
Los besos de él van cuerpo abajo.
Un paseo extraviado entre la dulzura y el suplicio.
Esos vagabundeos locos son, sin embargo, muy precisos.
Frisan ya la consagración sensual.
Charlotte se arquea entre síes.
Alfred, amor mío.

Ahora se desnuda él.
Y se acercan a la cama.
Han pasado de un mundo a otro.
Sin solución de continuidad.
Algunas incertidumbres desembocan en evidencias.
Se abrazan y es ácido.
Casi mordiscos del ansia.
Alfred contempla a la joven desnuda y brindada.
Igual que una prueba que la vida abofetease.
Puede hablar, soñar, cantar, escribir, crear, morir.
Pero éste es el único instante que compensa del sufrimiento.
El vicio bajo la apariencia de la inocencia.
Lo demás no tiene ninguna importancia.
Alfred lo sabe por partida doble.
Es un artista y es un hombre.

Charlotte se sentía fuerte, pero la arrasa.
Le empieza a temblar el cuerpo.

Hay sombras en su rostro.
Es el pasado que huye.
Lo ahuyenta la total hegemonía del ahora.
Ella cede, con más fuerza aún.
Así es como habla su dicha.

Quinta parte

1

El año 1938 es también el de la desintegración.
Las últimas esperanzas de Charlotte se hacen añicos.
Una humillación terrible la espera.

Todas las primaveras, Bellas Artes organiza un concurso.
Partiendo de un tema determinado, los alumnos crean una obra.
Es el momento luminoso del año.
Ese en el que reparten premios y honores.
Ludwig Bartning admira cada vez más a Charlotte.
Se alegra de haber luchado por su integración.
Desde hace meses progresa de forma fulgurante.
No se trata ya de una mejora técnica.
Cierto es que el trazo se hace más sutil y preciso.
Pero le llama la atención la desenvoltura de su protegida.
Les busca las vueltas a todos los ejercicios para ejercitar su voz.
Singular, extraña, poética, febril también.
Su dibujo dice lo que es ella.
No se le ve de entrada la fuerza.
Su peculiaridad anda oculta por algún sitio, resguardada en los colores.
A Ludwig se le queda atrapada la vista.
Hacía años que no veía algo así.
Nadie lo sabe, sólo él.
Hay un genio entre los estudiantes.

El concurso es siempre anónimo.
Tras premiar las obras, desvelan quién es el autor.
Los profesores se reúnen en torno a una mesa.
Escogen un cuadro por unanimidad.
Por una vez la deliberación ha sido rápida.
Es siempre un momento emocionante.
Todos emiten un pronóstico.
Se dicen unos cuantos nombres.
Pero, en el fondo, nadie sabe nada realmente.
El ganador ha camuflado las pistas.
Nadie reconoce el trazo de ningún alumno suyo.
Ha llegado el momento de decir quién es el artista.
Junto con el dibujo hay un sobre.
El profesor que acaba de abrirlo calla.
Los demás se inclinan hacia él: ¿y qué?
Mira a sus colegas como si estuviera preparando una sorpresa.
Antes de comunicar el resultado con voz inexpresiva.
Se le concede el primer premio a Charlotte Salomon.

Se quedan todos muy apurados.
Es imposible darle ese premio.
Se trata de una ceremonia que llama mucho la atención.
Dirían que la escuela se está judaizando.
Para la propia candidata resultaría muy arriesgado.
Se convertiría inmediatamente en una diana.
Correría el peligro de que la encerrasen.

Ludwig Bartning se hace cargo de lo grave que es la situación.
Alguien hace un intento: ¿y si volviéramos a votar?
No, sería muy injusto.
Se la puede privar de su premio, pero no de su victoria.
Eso es lo que dice su ardiente defensor.
Pelea por ella como puede.

Apoyar a Charlotte puede serle fatal.
Todo se sabe, nada se calla.
Por fin, su valor queda recompensado.
Porque logra que den por bueno el premio.

Una hora después, espera a Charlotte en el vestíbulo principal.
Le hace una seña con la mano.
Ella se acerca con esa timidez suya en la forma de andar.
Ludwig no sabe por dónde empezar.
Debería ser un momento jubiloso.
Sin embargo, está desencajado.
Por fin le anuncia que es la premiada.
Pero no le deja tiempo para expresar lo dichosa que es.
Atenúa la noticia con la decisión de los profesores.
No podrá recoger el trofeo.
Dos emociones contradictorias golpean a Charlotte.
Es una alegría y es un sufrimiento.
Está de acuerdo en que no puede aparecer en público.
Desde hace dos años es una sombra.
Pero lo de hoy es tan injusto.

Ludwig le explica que será su obra la que reciba la recompensa.
Pero que el premio lo recogerá otra persona.
¿Quién?, pregunta Charlotte.
No lo sé, contesta Ludwig.
Barbara.
Ése es el nombre que propone Charlotte.
Barbara.
Barbara, ¿estás segura?, le pregunta él.
Segura.
¿Por qué ella?
Ya lo tiene todo, así que hay que darle más, contesta Charlotte.

Tres días después, Barbara está en el estrado.
Tres días de lágrimas para Charlotte.
La galardonada rubia se deshace en sonrisas.
Acepta un premio que no es suyo.
Sin parecer molesta.
Es como si creyera en serio que la ganadora es ella.
Da las gracias a sus padres y a sus amigos.
Debería dar también las gracias a su país, piensa Charlotte.
Quien, humillada, presencia la pantomima.

En plena ceremonia, sale huyendo.
Ludwig la sigue con la mirada.
Le gustaría alcanzarla, continuar dándole su apoyo.
Pero se ha ido tan deprisa.
Apenas alcanza a oír cómo suenan los aplausos.
En el momento en que sale de la Academia.

Va corriendo hasta su piso.
Ya en su cuarto, se mete en la cama y no se mueve.
Luego se levanta para arrugar sus dibujos.
Algunos los rompe.
Paula, que oye ruido, acude.
Pero ¿qué haces?
¿Qué pasa?
No pienso volver nunca más a Bellas Artes, dice ella con frialdad.

2

Charlotte se pasa días enteros sentada en la cama.
Alfred está en el centro de todos sus pensamientos.
Es algo que se está convirtiendo en obsesión.
Más adelante, dibujará su rostro hasta el infinito.

Cientos de apuntes de su amor.
También recordará todas sus palabras.
El presente empieza a adoptar la forma del siempre.

Tras su primera noche, ha vuelto a esfumarse.
Ni la mínima noticia.
Ya no da clase a su madrastra.
Charlotte tiene que aceptar su silencio.
Nunca hay que esperar nada de mí, dijo él.
Pero es durísimo.
Está más allá de sus fuerzas.
Se viste para salir.
Informa a su madrastra de que va a ver a una amiga.

Siempre resulta peligroso salir por la noche.
Puede haber un control, claro.
Pero tampoco es tan arriesgado.
A veces, una sonrisa sustituye a la documentación.
Sobre todo cuando una tiene aspecto de aria.
Es lo que le pasa a Charlotte.
Tiene el pelo castaño claro, y también tiene claros los ojos.
Sin esa sangre impura tendría libertad para vivir.
Va andando por la noche oscura.
Hasta llegar delante del portal de él.
Se agazapa en la penumbra, con el corazón febril.
No quiere subir, sólo quiere verlo.
Y, además, sabe que nunca le perdonaría que le impusiera su presencia.
Le ha prometido que no lo hará nunca.
Que respetará absolutamente su libertad.
Pero ¿por qué no ha dado señales de vida?
¿Habrá mentido, quizá, acerca de sus sentimientos?
La noche con ella le pareció terrible y decepcionante.
Y no se ha atrevido a decírselo.

Debe de ser eso, seguramente.
Sólo puede ser eso.
Es posible incluso que se le haya olvidado su nombre.
Él, a quien le gustaba tanto decir: Charlotte.

En ese instante lo divisa a través del cristal.
Con sólo ver su sombra se trastorna.
Una vela alumbra la habitación.
Alfred aparece y desaparece, al compás de sus movimientos.
Y con eso la realidad tiene la improbabilidad del sueño.
Entonces es cuando entra en escena una silueta.
Una mujer parece vagabundear por el salón.
Busca obstinadamente algo.
Luego, sin transición, se abalanza sobre Alfred.
Charlotte deja de respirar.
Sabe, no obstante, que Alfred es libre.
Nunca le prometió que le pertenecería a ella.
No son una pareja.
Son momentos fuera de allí.

Vuelve a llover.
Siempre sucede lo mismo: en cuanto están cerca, llueve.
El cielo se nubla para sus encuentros.
Charlotte no es capaz de moverse, de resguardarse del agua.
Alfred parece irritadísimo.
Agarra con firmeza a la mujer por el brazo.
Y la lleva hasta la puerta.

Ahora están en la calle, a pocos metros de Charlotte.
La muchacha suplica, pero ¿qué?
Seguramente está diciendo que no puede irse con esa lluvia.
Alfred insiste, la rechaza con ademanes de loco.
Ella se resigna, con la cabeza gacha.

Él se queda quieto, aliviado probablemente.
Al cabo de un momento, Alfred vuelve la cabeza.
Y ve a Charlotte.

Le hace una seña para que se acerque.
Ella cruza despacio la calle desierta.
¿Qué estás haciendo aquí?, le pregunta con frialdad.
Ya sabe la respuesta.
Quería verte, no sabía nada de ti.
Iba a escribirte, no había prisa.
Titubea un momento antes de proponerle que suba.
A Charlotte le late el corazón intensamente.
Va a volver a su reino.
El suelo de ese cuchitril.
Donde a lo mejor él vuelve a hacerle el amor.

De momento, se sienta en el filo de una silla.
Paralizada de apuro.
Se disculpa por haber quebrantado las normas comunes.
Se da perfecta cuenta de que está muy irritado.
No habría debido venir de ninguna manera.
Todo ha terminado, por su culpa.
Ha nacido para echar a perder sus alegrías.
Así que, ¿por qué se busca más desgracias al preguntar:
Y esa mujer?
No me hagas preguntas, Charlotte.
Nunca, ¿me oyes?
Nunca.
Pero esta vez te voy a contestar.
Esa mujer es mi novia.
Venía a buscar sus cosas, y nada más.
Parecía estar sufriendo, contesta Charlotte.
¿Y qué?

¿También tengo que preocuparme del sufrimiento de los demás?
Tras una pausa, añade: no vuelvas a hacerlo nunca.
¿Qué?
Venir así.
Si me agobias, te quedas sin mí.
Perdón, perdón, repite ella.
Antes de atreverse a volver a preguntar: ¿la quieres?
¿A quién?
Pues a esa mujer...
No me preguntes nada.
En la vida no hay tiempo para escenas como ésta.
Si quieres que te diga lo que hay, estamos separados.
Ha venido a buscar un libro que se había dejado olvidado.
Pero si hubiera estado con ella, nada habría sido diferente.

Charlotte no entiende ya muy bien lo que le dice.
Pero da igual.
Sabe sencillamente que está bien aquí, con él.
¿Cuántas veces notamos una sensación así?
Una vez, dos veces, nunca.
Tirita de frío.
Da diente con diente.
Él se le acerca para abrigarla, por fin.

3

¿Cuál fue la lógica de su mutismo?
Aunque parece extasiado ante la idea de verla de nuevo.
Se queda contemplándola muchos minutos.
Podría pensarse que ha sido él quien ha originado ese momento.
Creer que ha hecho cuanto podía para volver a verla.
Es incomprensible.

Charlotte se extravía en un laberinto de análisis estériles.
De nada vale.
Lo que quiere es ofrecerse, y nada más.
Él se comporta con mayor brutalidad que en la ocasión anterior.
Le tira del pelo con amorosa fuerza.
Charlotte abre la boca.
Que viaja siguiendo el torso de su amado.
Esa energía que pone en darle placer lo conmueve.
Ahora mismo la vuelve loca.
Es toda una esperanza lo que le recorre la garganta.
Parece estar tan al tanto de lo que a él le gusta.

Charlotte, dichosa, se queda dormida.
Él vuelve a mirarla, niña montaraz aplacada.
Así que había que sobrevivir para este momento.
Alfred hunde el rostro en el pelo de Charlotte.
Acude a él una imagen.
La de un cuadro de Munch:
Cabeza de hombre en el cabello de una mujer.

Sigue así por un momento antes de levantarse.
Se encamina a su mesa de trabajo y se pone a escribir.
Poemas o, sencillamente, frases huérfanas.
Unas cuantas frases que le inspira la belleza.
Charlotte se despierta.
¿Ha oído la algarabía de los pensamientos de su amante?
Se acerca a las palabras escritas.
Alfred dice: es para ti.
Tienes que leerlas evocando una música de Schubert.
Sí, sí, sí, dice Charlotte pensando en los *Impromptus.*
Empieza a leer y acuden a ella las palabras.
No siempre le corresponde al lector ir hacia las frases.
Sobre todo las de Alfred, poderosas e indomeñables.

Charlotte las subraya todas mentalmente.
Alfred habla de ella y de él, y es la historia de un mundo.
Es el *Impromptu* en sol bemol mayor de Schubert.
Ellos son el bemol de los reclusos y la mayor de las evidencias.

Intenta coger una página, pero Alfred se lo impide.
Agarra todas las hojas.
Y las arroja al fuego.
Charlotte suelta un alarido.
¡¿Por qué?!
De repente.
En un segundo.
Y debió de tardar horas en escribirlas.
Llora.
Está desesperada.
Nadie le había escrito palabras así.
Y resulta que ya no existen.
Él la abraza.
Le dice que existen y que existirán siempre.
No con forma material.
Sino en el recuerdo.
Existirán con la música de Schubert.
La música que no se oye, pero está ahí.
Le sigue explicando lo noble de esa acción.
Lo esencial es que esas palabras se hayan escrito.
Lo demás no tiene importancia.
No debemos dejarles pruebas a los perros nunca más.
Tenemos que llevar los libros y los recuerdos por dentro.

4

En ese mismo instante, en Francia, un hombre se levanta.
Se mira en el espejo de su cuarto.
Hace mucho tiempo que no se reconoce.
Apenas si podría decirnos su nombre: Herschel Grynszpan.

Judío polaco de diecisiete años, obligado a desterrarse, vive en París.
Acaba de recibir una carta desesperada de su hermana.
Han expulsado a toda la familia.
Sin aviso previo, tienen que salir de su país.
Están en un campo de refugiados.
Hace ya mucho que la vida de Grynszpan no es sino humillación.
Vivo como una rata, piensa.
Así que esa mañana del 7 de noviembre de 1938 escribe:
Tengo que protestar para que el mundo entero oiga mi grito.

Armado con una pistola, entra en la embajada de Alemania.
So pretexto de una cita, llega al despacho de un consejero.
Más adelante, dirán que fue un ajuste de cuentas.
Una historia íntima y sexual que se torció.
¿Acaso importa?
En ese momento, lo único que cuenta es el odio.
El tercer consejero, Ernst vom Rath, está lívido.
No caben dudas en lo referido a la decisión del muchacho.
Sin embargo, ese joven, que desea matar, tiembla.
Tiene las manos sudorosas.
La escena parece alargarse de forma indefinida.
Pero no es así.
Ahora dispara.
Hiere al alemán de varios tiros a quemarropa.
Uno detrás de otro.

La cabeza del consejero golpea el escritorio.
Aparece una brecha en la sien.
La sangre corre por el parqué.
Un charco rojo rodea al tirador.
Entran varios oficiales.
El asesino no intenta huir.

La noticia se propaga en el acto por Berlín.
El *Führer* monta en cólera.
La venganza debe ser inmediata.
¿Cómo se ha atrevido?
Pronto, hay que aplastar a ese piojo.
Bien pensado, no.
A él no.
Sino a toda esa chusma.
Es una raza.
Se expande.
Son todos los judíos quienes han matado a Vom Rath.
Junto con la rabia aparece el goce.
El de las represalias.

El desenfreno es absoluto.
Así empieza la *Noche de los Cristales Rotos*.
Entre el 9 y el 10 de noviembre de 1938.
Profanan los cementerios.
Aniquilan las posesiones.
Saquean miles de comercios.
Y arrasan con las mercancías.
Obligan a algunos a cantar ante las sinagogas incendiadas.
Luego les queman la barba.
A otros los matan a golpes en el escenario de algunos teatros.
Donde se amontonan los cadáveres como si fueran basura.
Internan en campos a miles de hombres.

A miles.
Entre ellos, al padre de Charlotte.

5

La familia Salomon almuerza en silencio.
Llaman a la puerta.
Charlotte mira a su padre.
Todos los ruidos son una amenaza.
No cabe sino esa posibilidad.
Todos se quedan sentados a la mesa.
Sin moverse, petrificados de miedo.
Vuelven a llamar.
Los golpes son más incisivos.
Hay que hacer algo.
Si no, van a tirar la puerta.
Albert se levanta por fin.
Se presentan dos hombres con trajes oscuros.
¿Albert Salomon?
Sí.
Acompáñenos.
¿Adónde vamos?
Nada de preguntas.
¿Puedo coger unos cuantos efectos personales?
No le serán de utilidad; dese prisa.

Paula intenta intervenir.
Albert le hace una seña para que se calle.
Vale más no montar una escena.
En cuanto se irriten mínimamente, dispararán.
Sólo se lo quieren llevar a él, algo es algo.
Seguramente para un interrogatorio.

Será algo breve.
Caerán en la cuenta de que es un héroe de guerra.
Dio su sangre por Alemania.

Albert se pone el abrigo y el sombrero.
Se vuelve para besar a su mujer y a su hija.
¡Deje de hacerse el remolón!
Son besos fugaces, casi robados.
Sale de la casa sin mirar atrás.
Charlotte y Paula se abrazan.
No saben por qué lo han detenido.
No saben adónde lo llevan.
No saben para cuánto tiempo.
No saben nada.
Kafka lo escribió en *El proceso.*
Detienen sin motivo a Joseph K., el protagonista.
Igual que Albert, prefiere no resistirse.
La única postura sensata consiste en adaptarse al estado de las cosas.
Así que de eso se trata.
Es «el estado de las cosas».
No hay nada que hacer contra el estado de las cosas.
Pero ¿hasta dónde llega ese estado?
El desenlace parece irremediable.
Todo está ya en la novela.
A Joseph K. lo matarán como a un perro.
Como si *la vergüenza fuera forzosamente a sobrevivirle.*

6

Sin la mínima explicación, meten a Albert en Sachsenhausen.
Un campo de concentración al norte de Berlín.
Hacinado en una habitación diminuta con otros hombres.

Albert reconoce a unos cuantos.
Cruzan unas palabras para tranquilizarse.
Representan entre sí las lamentables escenas del optimismo.
Pero ya nadie cree en ello.
Ahora las cosas están yendo demasiado lejos.
Allí los dejan sin beber, sin comer, para que revienten.
¿Por qué no viene nadie a verlos?
¿Cómo pueden tratarlos así sus compatriotas?
Al cabo de muchas horas aparecen unos oficiales.
Abren el barracón.
Se alzan algunas protestas.
Inmediatamente cogen a los contestatarios.
Se los llevan a rastras a otro rincón del campo.
No los volverán a ver.

Explican a los presos que les van a someter a un interrogatorio.
Tienen que ponerse en fila.
Se pasan horas esperando, de pie, en el frío.
Los hay demasiado mayores o demasiado enfermos para resistirlo.
A los que se desploman, se los llevan a otro sitio.
Tampoco a ellos los volverán a ver.
Los nazis todavía no ajustician abiertamente.
Matan a los refractarios y a los débiles en el patio de atrás.
Albert está entre los hombres dignos.
Sí, son dignos.
Se les nota la voluntad de no regalarles, de propina, el dolor.
Es lo único que pueden conservar.
Cuando ya no le queda a uno nada más.
El deseo de no bajar la cabeza.

Le llega la vez.
Está ante un hombre joven que podría ser su hijo.
Eres médico, dice muerto de risa.

Sí.
No me extraña, ése sí que es un trabajo de judío.
¡Aquí tendrás que dejar de hacer el vago, so holgazán!
¡Cómo pueden llamarlo holgazán!
Lleva toda la vida trabajando a destajo.
Para que la medicina progrese.
Si a ese mequetrefe de mierda no lo mata una úlcera, se lo deberá a él.
Albert baja la vista; esto no hay ya quien lo soporte.
¡Que me mires!, vocea el joven nazi.
¡Mírame cuando te hablo, gusano!
Albert alza la cabeza, como una marioneta.
Coge la hoja que le alargan.
Para leer el número del dormitorio y su número de registro.
Ya no le asiste el derecho de tener un apellido.

Los primeros días son espantosos.
Albert no está acostumbrado a los esfuerzos físicos.
Está exhausto, pero sabe que tiene que aguantar.
Si se desploma, corre el riesgo de irse.
De irse a ese sitio del que nadie regresa.
El agotamiento le aniquila la capacidad de pensar.
A ratos no sabe nada.
Ya no sabe dónde está ni quién es.
Como cuando nos despertamos de una pesadilla.
Se precisan unos segundos para volver a la realidad.
Albert sigue muchas horas en esa zona.
Esa en la que la conciencia anda errante.

A Charlotte y a Paula, en cambio, las deja exhaustas la lucidez.
Las corroe la falta de noticias.
Igual que cientos de mujeres, van a las comisarías.
Al pie del edificio, la protesta femenina es inmensa.
¿Dónde están nuestros maridos?

¿Dónde están nuestros padres?
Suplican para conseguir alguna información.
Mendigan una prueba de vida.
Charlotte consigue llegar a un despacho.
Ha traído una manta muy abrigada.
Querría llevársela a mi padre, suplica.
Los oficiales hacen por no reírse.
¿Cómo se llama?, pregunta al fin un nazi.
Albert Salomon.
Muy bien, puedes irte, ya nos encargamos nosotros.
Pero es que querría llevársela yo, se lo ruego.
Es imposible.
Por ahora no se permiten visitas.
Charlotte sabe que no debe insistir.
Para que la manta le llegue a su padre tiene que callarse.
Se va, en silencio.
Pocos segundos después, los oficiales bromean.
¡Qué cosa más mona!
Una niña judía que quiere cuidar de su querido papá.
Huy..., vaya..., huy, se carcajean.
Y, mientras, se limpian el barro de las botas en la manta.

7

Pasan las semanas.
Corren los rumores más nefastos acerca de la suerte de los detenidos.
Hablan de cientos de muertos.
Paula y Charlotte siguen sin noticias.
¿Vive aún Albert?
La cantante lo intenta todo para que dejen en libertad a su marido.
Todavía cuenta con algunos admiradores en la jerarquía nazi.
Van a ver cómo pueden ayudarla.

Es complicado, no sueltan a nadie.
Se lo ruego, se lo suplico.
Implora incesantemente.

En esos días de insoportable espera, se presenta Alfred.
Las distrae como puede.
En cuanto Paula se da media vuelta, rodea con los brazos a Charlotte.
Pero a él también lo corroe la angustia.
Las detenciones han apuntado a todas las elites.
Los intelectuales, los artistas, los profesores, los médicos.
No tardarán en meterse con los que no son nadie.
Y entonces él estará en primera fila.

Todo el mundo intenta escapar.
Pero ¿adónde?
¿Cómo?
Las fronteras están cerradas.
Sólo podría irse Charlotte.
Antes de cumplir los veintidós años es posible.
No hace falta pasaporte para salir del territorio.
Le quedan unos meses.
Sus abuelos están al tanto de lo que sucede.
En sus cartas ruegan a Charlotte que se vaya con ellos.
El sur de Francia es un paraíso.
No puede seguir en Alemania.
Es correr un riesgo excesivo.
Paula está de acuerdo con ellos.
Pero Charlotte no puede irse así.
Sin haber vuelto a ver a su padre.
A decir verdad, se trata de una excusa.
Ya ha tomado una decisión.
No se irá nunca.
Por la sencilla razón de que nunca va a dejar a Alfred.

Al final, los esfuerzos de Paula han tenido recompensa.
Al cabo de cuatro meses, Albert sale del campo.
Vuelve a su casa, pero ya no es el mismo.
Espantosamente flaco, despavorido, se echa en la cama.
Paula corre las cortinas y lo deja dormir.
Charlotte está conmocionada.
Se queda horas y horas junto a él.
Lucha para que no la invada la desesperación.

La respiración fatigosa de su padre la preocupa.
Mientras lo vela, nota una sensación extraña.
La de que puede protegerlo de la muerte.
Albert va recobrando las fuerzas poco a poco.
Pero no habla casi.
Se pasa los días durmiendo.
Él, a quien le gustaba tanto quedarse despierto por las noches para trabajar.
Una mañana, al abrir los ojos, llama a su mujer.
Paula llega de inmediato.
¿Qué, amor mío?
Albert abre la boca, pero no sale de ella sonido alguno.
No consigue decir lo que quiere decir.
Por fin suelta un sonido que es un nombre: Charlotte...
¿Qué pasa con Charlotte?
Charlotte... tiene que... irse.
Paula sabe que esas palabras le duelen.
Necesita tener a su hija a su lado más que nunca.
Pero ahora sabe que ya no hay esperanza.
Ha estado en la vanguardia del horror.
Hay que salir huyendo, deprisa.
Mientras sea aún posible.

8

Charlotte se niega, por supuesto.
No quiere irse, no puede.
Le insisten, no hay tiempo que perder.
No, no quiero dejaros, repite.
En cuanto tengamos documentación falsa, iremos también, le aseguran.
No, no quiero; no, no quiero.
Paula y Albert no la entienden.
Alfred es el único que sabe la verdad.
Su actitud le parece absurda y excesiva.
Por ningún amor merece la pena arriesgarse a la muerte, piensa.
Y lo que les espera aquí es la muerte.

Charlotte no hace caso a nadie.
Sólo hace lo que tiene entre ceja y ceja, lo que tiene en el corazón.
Repite continuamente: no puedo separarme de ti.
Sería un padecimiento atroz, tienes que entender cómo te quiero.
Él le coge las manos.
Claro que puede entenderla.
Le gusta su carácter exaltado y febril.
La belleza de un amor más fuerte que el miedo.
Pero la cuestión ya no es ésa.
No queda más posibilidad que amenazarla.
Si no te marchas, no seguiré contigo.

Charlotte conoce de sobra a Alfred.
No habla por hablar.
Si no escapa, la eliminará de su vida.
Es el único chantaje que es capaz de entender.
Le promete que él también irá a reunirse con ella en el sur de Francia.
Pero ¿cómo te las apañarás?

Tengo contactos, la tranquiliza él.
¿Cómo creerlo?
Charlotte no puede más.
No quiere abandonar su vida.
Nació aquí.
¿Por qué tiene que enfrentarse con un padecimiento más?
Prefiere morir antes que irse.
Se lo está pensando en serio.

Su padre quiere verla.
Le coge la mano, sin fuerzas.
Y repite: por favor, tienes que irte.
Le brota una lágrima.
Es la primera vez que ve llorar a su padre.
El mundo se tambalea en ese rostro.
Charlotte saca el pañuelo para enjugar la lágrima.
Albert se acuerda de pronto de Franziska.
Esta escena es un eco de aquel encuentro de ambos.
Cuando sacó el pañuelo para que él se sonase.
Mientras estaba operando, junto al campo de batalla.
Retumban en él las dos escenas.
La madre y la hija unidas en ese gesto.
Y entiende que el movimiento ha concluido.
Con *ese gesto,* Charlotte se aviene a irse.

9

Están los detalles prácticos de la huida.
Paula pide a los abuelos que mientan en las cartas.
Puede leerse en ellas que la abuela se muere.
Está muy enferma y quiere volver a ver a su nieta.

Esgrimiendo esa prueba, Charlotte va al consulado de Francia.
Y consigue un visado para unos cuantos días.
Ya está, ya tiene la documentación en regla.

Pasa las últimas horas como una autómata.
Se queda inmóvil ante la maleta.
Una maletita de nada, la coartada para un viaje breve.
Qué pocas cosas puede llevarse.
No le queda más remedio que elegir los recuerdos.
¿Qué libro escoger?
¿Y qué dibujo?
Por fin decide llevarse un disco de Paula.
Una interpretación de *Carmen* que le gusta mucho.
Que le recuerda tiempos felices.

Va sola al cementerio a despedirse de su madre.
Pasó meses creyendo que se había vuelto un ángel.
Se la imaginaba en el cielo de Berlín.
Con alas de deseo.
Ahora todo ha acabado.
Charlotte está cara a cara con la realidad.
El cielo está vacío.
Y el cuerpo de su madre se descompone aquí.
Esta tumba contiene sus huesos.

¿Recuerda siquiera la tibieza de su cuerpo?
Cuando la tomaba en sus brazos.
Para cantarle canciones.
No, ya nada parece haber existido.
Salvo sus primeros recuerdos, en este mismo lugar.
Cuando leía su nombre en la tumba de su tía.
Charlotte, la primera Charlotte.
Ya están ambas hermanas reunidas para siempre.

Charlotte deja sendas rosas blancas en las dos estelas.
Y se va.

Llora delante de su padre.
Está demasiado débil para ir con ella a la estación.
Se dan ánimos con la palabra *pronto.*
Pronto volverán a verse.
Pronto todo irá bien.
Su padre es tan pudoroso.
No se siente a gusto con la ternura.
Pero hoy aspira con desmesura el olor de su hija.
Como si quisiera conservar un tesoro.
Y ocultarlo dentro de sí cuanto le sea posible.
Charlotte besa prolongadamente a su padre.
Le deja una marca.
No de carmín.
Sino porque ha apoyado los labios muy fuerte.

10

Por el andén de la estación patrullan muchos policías.
Charlotte, entre Paula y Alfred, tiene que disimular la emoción.
Muchas efusiones llamarían la atención.
Le harían preguntas al trío.
¿Por qué llora tanto esta joven?
Sólo va a estar fuera una semana, ¿verdad?
Así que no hay que poner el plan en peligro.
Hay que mantenerse digna y erguida.
Arrancarse el corazón con desenvoltura.
Charlotte querría clamar cuánto sufre.
Es imposible.
Lo deja todo.

A su padre, a Paula, la tumba de su madre.
Deja sus recuerdos, su vida, su infancia.
Y sobre todo lo deja a él.
Su gran amor, su único amor.
A él, que desde su punto de vista lo es todo.
Su amante y su alma.

A Alfred le cuesta disimular la emoción.
Él, que suele ser tan charlatán, calla.
Lo que siente es demasiado inédito para definirlo.
El humo que brota del tren llena de niebla la escena.
El andén de la estación se parece más que nunca a una orilla.
La decoración ideal para lo postrero.
Alfred arrima los labios al oído de Charlotte.
Ella piensa que va a decirle: te quiero.
Pero no es eso.
Le susurra una frase más importante.
Una frase en la que ella va a pensar continuamente.
Que va a ser la esencia de su obsesión.

Ojalá no se te olvide nunca que creo en ti.

Sexta parte

1

Charlotte mira el andén, que se aleja y desaparece.
Asomando la cabeza, que el viento azota.
En el compartimento suena una voz seca.
Señorita, ¿le importaría cerrar?
Charlotte obedece y se sienta en su sitio.
Contiene el llanto mientras el paisaje le pasa ante los ojos.
Algunos pasajeros le hablan y les contesta deprisa.
Hacer lo que sea para que la conversación entre en vía muerta.
Deben de pensar que es una maleducada, o arrogante incluso.
Qué importa lo que crean.
Ya no tiene ninguna importancia.

En la frontera francesa, miran la documentación.
Le preguntan los motivos del viaje.
Voy a ver a mi abuela, que está enferma.
El aduanero le brinda una amplia sonrisa.
No es tan difícil hacer de chica aria encantadora.
Si te metes en ese personaje, todo es maravilloso.
Es un mundo en el que nadie te escupe.
Es el mundo de Barbara.
Te quieren, te apoyan, te honran.
Buena suerte, llegan incluso a decirte.

El tren llega a París.
Por unos segundos deja que la embelese.
Ese nombre: París.
La promesa que es Francia.
Pero tiene que correr para no perder el otro tren.
Se sube con el tiempo justo.
De nuevo, intentan hablar con ella.
Pero indica por señas que no entiende.
Es la ventaja de estar en el extranjero.
Cuando queda claro que no hablas su idioma.
Nadie más intenta hablar contigo.

Le fascina la belleza de los campos que atraviesa el tren.
En este país hay más colores, piensa.
Sabe que muchos pintores recorrieron ese camino.
Para encontrar la luz del sur de Francia.
Esa luz amarilla y hechicera.
¿Sentirá ella lo mismo?
Sin embargo, la oscuridad le vela los ojos una y otra vez.
Empieza a dolerle el estómago.
Le sorprende ese despertar de su cuerpo.
Si tiene hambre, es que todo lo que está viviendo es real.
Una compañera de viaje le da una manzana.
La coge con ansia, hambrienta.
Y se come hasta el troncho.
La mujer se queda pasmada.
No se esperaba semejante apetito.
Ahora parece casi tenerle miedo a Charlotte.
Sólo porque se ha comido una manzana muy deprisa.

Al llegar a Niza, Charlotte pregunta en la taquilla.
Enseña el papel: Villefranche-sur-Mer.
Le indican un autobús, se acomoda en el asiento de delante.

Le da miedo perderse, no bajarse en la parada correcta.
Vuelve a enseñar el papel, esta vez al conductor.
Al cabo de treinta minutos, éste le indica que ha llegado.
Se baja diciendo en francés: *merci.*
Cuando se queda sola, se repite a sí misma: *merci.*
Qué agradable es la sensación de utilizar otro idioma.
Sobre todo cuando el suyo está estropeado.
El destierro ya no es una cuestión de lugar.
Ese *merci* la resguarda.

Una vez más, le pregunta el camino a una mujer.
Sabe muy bien dónde vive Ottilie Moore.
Como los demás vecinos, seguramente.
La acaudalada americana es famosa en la zona.
Acoge a muchos huérfanos.
Les da gratis clases de baile y hasta de circo.
Charlotte sólo tiene que seguir esa carretera que serpentea.
Le será muy fácil dar con la casa.

Hace calor y el camino es empinado.
Son los últimos esfuerzos de un periplo larguísimo.
Muy pronto podrá darles un beso a sus abuelos.
No ha podido avisarles de qué día iba a llegar.
Se van a sorprender mucho cuando aparezca.
Cuantísimo tiempo lleva sin verlos.
¿Habrán cambiado mucho?
Aunque es a ellos a quienes les va a costar reconocerla.
Se despidieron de una adolescente y ya es una mujer.
Aunque triste, está muy exaltada.

Por fin, llega delante de L'Ermitage.
Es una mansión magnífica, edificada en alto.
Con un jardín que parece el del Edén.

Detrás de las frondas, entrevé a niños corriendo.
También los oye reír.
Charlotte aún no se siente capaz de llamar en la verja.
Aquí la espera una vida nueva.
Basta con recorrer unos metros.
Para lanzarse a lo desconocido.

Hay algo que la retiene.
Una fuerza a sus espaldas.
Casi tiene la sensación de que la están llamando.
Como si algo tirase de ella, se da la vuelta.
Y descubre el esplendor majestuoso del Mediterráneo.
Charlotte nunca había visto nada tan bonito.

2

Al cabo de unos minutos está en el jardín.
Rodeada de niños que celebran su llegada.
Ottilie Moore les dice que se tranquilicen.
Tienen que dejar que Charlotte descanse, está agotada.
Vittoria Bravi, la cocinera, prepara limonada.
En medio de tantas efusiones, los abuelos se quedan quietos.
La abuela tiene los ojos llenos de lágrimas.
Charlotte siente que el torbellino que hay a su alrededor la aspira.
No está acostumbrada a contestar a tantas preguntas.
¿Ha tenido un buen viaje?
¿Cómo se encuentra?
¿Y sus padres?
¿Y qué hay de Alemania?
Balbucea que no lo sabe.
Lleva dos días casi sin hablar.
Y además, carece del aplomo necesario.

Lo que más la angustia es que la miren.
Algo en particular la hace sentirse violenta.
Se siente culpable por estar allí.

Ottilie percibe ese malestar.
Ven, Charlotte, voy a enseñarte tu cuarto.
Se van del jardín ante las miradas sorprendidas.
Sigue igual de melancólica, concluye el abuelo.
Antes de añadir: exactamente igual que su madre.
La abuela lo fulmina con la mirada.
Ésas son las palabras que no quiere oír.
No quiere enterarse de lo que dan a entender.
Pero él está en lo cierto.
La ha abrumado que sea tan patente.
Charlotte tiene un parecido increíble con Franziska.
En los rasgos de la cara, desde luego, pero también en la actitud.
Ambas tienen en común esa tristeza.
Lo que debería ser una alegría, ya no lo es.
Es incluso el inicio de un temor.

3

Charlotte duerme muchas horas.
Y se despierta en plena noche.
Esa primera vez, pasea, descalza, por el jardín.
Sólo con el camisón blanco, se siente libre.
El cielo está azul pálido, casi amarillento, con estrellas.
Toca los árboles y huele las flores.
Luego, se tumba en la hierba.
En la inmensidad, ve el rostro de Alfred.
Con nubes en la boca.
Entonces, deja que la invada el deseo.

Pasan los días y Charlotte sigue hablando igual de poco.
A los demás les parece muy reservada.
Los niños la han apodado «la silenciosa».
Les gustaría jugar con ella.
De momento, ella sólo accede a dibujarlos.
Ottilie opina que tiene un talento excepcional.
Llega a decir: tenemos un genio en casa.

La americana la anima continuamente a que pinte.
Le compra varios dibujos para ayudarla a vivir de su trabajo.
Y se las apaña para conseguirle papel, en plena guerra.
La generosidad de esa mujer no parece tener límites.
En las fotos que quedan de ella, siempre tiene una sonrisa en la cara.
Y en la expresión, un toque extravagante.

En Villefranche-sur-Mer aún la recuerdan.
En 1968 derribaron aquella mansión increíble.
Para construir en su lugar una de esas residencias a las que llaman de lujo.
Parte del jardín lo ocupa ahora una piscina.
Sólo han sobrevivido los dos pinos altos.
Aquellos en los que estaba el columpio.
En torno a la residencia ahora hay una tapia muy alta.
Para impedir que entren intrusos.
Intrusos y escritores a quienes fascina Charlotte Salomon.
¿Cómo entrar?
Es imposible.
Aquel lugar que fue tan acogedor ahora resulta inaccesible.

Un hombre que me ve ahí plantado como un pasmarote se ofrece a ayudarme.
Hablamos un rato y le pregunto cómo se llama.
Michel Veziano.
Cuando le cuento el objetivo de mis pesquisas, no parece sorprendido.
Me indica que un europeo ya hizo la misma investigación que yo.

Sí, utiliza la palabra «europeo».
Hace tres o cuatro años, más o menos.
De modo que no soy el único que anda buscando a Charlotte.
Formamos una secta dispersa.
Adeptos exhaustos a los que salva Michel.
No logro saber si me resulta reconfortante o insoportable.
¿Cómo se llama ese colega?
Michel no se acuerda.
¿Habrá existido de verdad?
Querría conocer a todos los que aprecian a Charlotte.

En esas reflexiones ando cuando se abre el paso de vehículos.
Una mujer sale de la residencia en coche.
Dejo a Michel para ir a verla.
Buenos días, señora, soy escritor...
Sabe quién es Ottilie Moore porque vive aquí desde 1968.
Pero cuando me dispongo a hacerle unas preguntas, se impacienta.
¡No, no puede quedarse aquí!
¡Además, el guarda no le dejará pasar!
¡Váyase, aquí no pinta nada!
Es una vieja rancia, asustada y estúpida.
Le hablo sin alzar el tono.
Sólo quiero pasear cinco minutos por el jardín.
Le enseño un libro con fotos de época.
Se niega a mirarlo.
¡Váyase, váyase o llamo al guarda!
No lo entiendo.
¡Cuánta hostilidad!

Decido no seguir insistiendo.
No es un asunto de capital importancia.
Al fin y al cabo, aquí ya no perdura nada del pasado.
Pero gracias a esa mujer, he podido rozar el año 1943.

Al final, ha resultado ser de lo más raro.
Porque aquí es donde el odio no tardará en golpear a Charlotte.

4

Charlotte se pasa horas esperando a que aparezca Alfred.
Se imagina constantemente que llega su amado.
Como un dios capaz de surgir de la nada.
Pero no viene.
Para darle vida, reconstruye las conversaciones que mantuvieron.
Palabra por palabra, todo lo lleva dentro, intacto.
Esa precisión suya es la memoria del corazón.

¿Quién puede saber lo desesperada que está Charlotte?
Es una mujer joven a solas con su demonio.
A veces regala alguna sonrisa, para que la dejen en paz.
A Ottilie Moore quien más le preocupa es la abuela.
Antes estaba mucho más alegre.
Se reía a menudo y todo parecía interesarle.
Le pide a Charlotte que la anime.
Es como pedirle al gris que ilumine el negro.
La abuela y la nieta se comprenden mutuamente.
El corazón les late del mismo modo.
Como si estuviera envuelto en un tejido.
Forcejea a la sordina, sin hacer ruido en el cuerpo.
Con la misma culpabilidad con la que respiran los supervivientes.

Ambas se pasean por la orilla del mar.
El ruido de las olas les permite no hablar.
De todas formas, es mejor no decir nada.
Las noticias son cada vez más trágicas.
Acaban de atacar Polonia.

Francia e Inglaterra le han declarado la guerra a Alemania.
La abuela se sienta en un banco.
Le cuesta respirar.
Lleva años luchando por seguir viva.
Desde que murieron sus hijas, cada día es una batalla.
Pero ya no sirve de nada.
La guerra va a aniquilarlo todo.

Llaman al doctor Moridis.
Es una eminencia local.
Destaca por su carácter carismático y humanista.
Les cobra más a los ricos y menos a los pobres.
Se dice que ha atendido a las celebridades que estaban allí de paso.
A Errol Flynn, a Martine Carol e incluso a Édith Piaf.
Cuidó a Ottilie después del accidente de coche.
Fue a principios de los años treinta.
Desde entonces, han estado muy unidos.
Por eso la americana recurre a él.
Para intentar salvar a la abuela de Charlotte.

El doctor ya está en L'Ermitage.
Charlotte lo recibe y lo lleva junto al lecho de la enferma.
¿Cuál fue su primera impresión al verla?
¿Cómo saberlo?
Aun así, trato de captar ese instante.
Me parece absolutamente crucial.
Cuando el doctor Moridis entra en el relato.
Este hombre será importantísimo para Charlotte.
Intento verlo en el jardín.
En las fotos que me ha enseñado su hija, parece enorme.
Me imagino a los niños alzando la cabeza para mirarlo.

5

Cuando sale del cuarto, habla de depresión.
La abuela no para de decir que el mundo va a arder.
Ya no puede más, no quiere seguir viviendo.
Para ella ha llegado el momento de reunirse con sus dos hijas.
Sus dos hijas, sus dos hijas, repite.
Antes de añadir: todo es culpa mía.

Moridis le receta unos tranquilizantes.
Luego, insiste: hay que estar siempre pendiente de ella.
No dejarla nunca sola.
Charlotte entiende que ese papel le corresponde a ella.
¿Quién si no podría encargarse?
Su abuelo está igual de quebrantado.
Observa de lejos el ataque que aqueja a su mujer.
Al fin y al cabo, para eso está allí Charlotte.
Ha venido para atenderlos.
El refugio también tiene un precio.
Eso es lo que piensa parapetado tras la larga barba blanca.

Moridis le desea a Charlotte muchos ánimos.
Cuando está a punto de irse, se acuerda de los dibujos.
Señorita, por lo visto tiene usted un talento tremendo.
Aquí los rumores vuelan.
No son más que apuntes, balbucea ella.
Dibujos para los niños.
¿Y qué?
Me gustaría ver lo que hace.
A Charlotte la conmueve esa afabilidad.
Lo mira mientras se marcha, hacia otros enfermos, hacia otras historias.

Charlotte es consciente de que la situación es muy grave.
Opina que hay que causarle una especie de electrochoque.
Según ella, deberían irse de L'Ermitage.
Sus abuelos llevan demasiado tiempo viviendo a expensas de Ottilie.
Han ido perdiendo paulatinamente la autonomía.
Las relaciones con su benefactora se desvirtúan.
La situación se vuelve tensa.
¿Acaso no es siempre así?
Acabamos odiando a quienes nos lo dan todo.

Económicamente se lo pueden permitir.
Aún les queda algo de dinero.
Al irse de Alemania, ya en 1933, pudieron vender sus bienes.
Charlotte se va a Niza a buscar casa.
La encuentra en la avenida de Neuscheller, en el número 2.
Una casa bautizada como Villa Eugénie.

Ottilie también opina que les sentará bien.
Reconoce que, desde hace meses, las relaciones son menos cálidas.
Le pide a Charlotte que vaya a verla, tan a menudo como pueda.
Para tenerla al tanto y también para pintar en el jardín.
No tienes que olvidarte de vivir para ti misma, añade Ottilie.
Vivir para mí misma, repite Charlotte mentalmente.

El día de la mudanza, se cruzan con unos soldados.
Son los últimos que van hacia el este.
La región se ha vaciado de hombres.
Los combatientes esperan una lucha que no acaba de llegar.
¿Será ése el apocalipsis que tanto han anunciado?
Llega la nieve y todo está de lo más tranquilo.
Casi se podría olvidar que han declarado la guerra.

Antes, ha comenzado ya el caos entre las paredes de la casa.
La mudanza no ha traído cambios.
La abuela pasa las horas al filo del precipicio.
Son escasos los momentos en que siente algún alivio.
Persiste en su deseo de morir.
Charlotte la dibujó en aquella época.
Un apunte en el que se ve cuantísimo ha adelgazado.
Encogida, como para ocultar el cuerpo.
En cambio, no hay ningún dibujo del abuelo.
Perdido, lejos de todo, está insoportable.
Se acuerda de los primeros años en Niza.
Todo era maravilloso entonces.
Se matriculó en la universidad e hizo buenas amistades.
¿Qué queda ahora de aquello?
Nada.
Su mujer está loca y el país está en guerra.
Y añora muchísimo Alemania.
La situación le vuelve irascible, brusco y autoritario.
No deja de darle órdenes a Charlotte.
Sin saber muy bien por qué.
Es como el general de un ejército de fantasmas.

6

Charlotte no sabe ya nada de su familia.
Desde hace meses, el silencio es inaguantable.
Por fin recibe una carta de su padre y de Paula.
Ottilie se la lleva a Niza.
La lee por encima rápidamente buscando un nombre: Alfred.
A lo mejor lo mencionan.
A lo mejor sabe algo de él.
Eso es lo que cuenta más que todo lo demás.

Pero no.
Nada.
No aparece Alfred.
Vuelve a leer por encima el correo.
Es capaz de haberse escondido entre las comas.
No.
No, no lo mencionan.
Nada sobre él.
Ya no sabe dónde está.
¿Seguirá vivo siquiera?

Entonces lee la carta con detenimiento.
La que escribe es Paula.
Le cuenta cómo han pasado los últimos meses.
Querían reunirse con ella en Francia, pero les resultó imposible.
Un amigo bien situado pudo conseguirles documentación falsa.
Se fueron con él a Ámsterdam en avión.
Lo abandonaron todo, lo dejaron todo.
Aterrizaron en los Países Bajos sin nada.
Afortunadamente, algunos amigos suyos ya estaban in situ.
Los berlineses se están reagrupando allí en una especie de círculo familiar.
Paula intenta no mencionar el desvalimiento.
Pero Charlotte consigue leer lo que no está escrito.
Ve a su padre alelado.
Resolviéndose a marcharse, como un criminal.
Con el miedo en las entrañas, a cada momento.
Miedo a que los detengan, a la cárcel, a la muerte.
En el campo, vio de qué forma pueden matar a cualquiera.

Charlotte siempre conoció a un padre poderoso.
Y a una madrastra aureolada de gloria.
¿Se sentirán aliviados, al menos?
¿Por cuánto tiempo?

Al menos están juntos, piensa Charlotte.
Cuánto le gustaría poder reunirse con ellos.
Su propia libertad ya no tiene para ella valor alguno.
Sobrevivir así le parece lo peor que pueda pasar.
La carta empieza a dolerle.
Las palabras acentúan la ausencia.
Es la prueba física de su exclusión.

A su abuela no le interesa la misiva.
Oye algunos retazos.
Se centra en la huida, en la documentación falsa.
¡Van a morir muy pronto!, grita de repente.
¡Estás loca de remate!, se impacienta su marido.
Charlotte está en medio de los dos.
Le pide al abuelo que salga de la habitación.
Charlotte intenta tranquilizar a la anciana.
Que se recrea en obviedades macabras.
¡Van a morir!
¡Vamos a morir todos!
Charlotte habla con ternura.
Como se les habla a los niños después de una pesadilla.
Todo saldrá bien..., ahora están lejos del desastre.
Pero no, no quiere escucharla.
¡La muerte está en todas partes!
¡En todas partes!
¡Hay que morir antes de que la muerte nos alcance!
Ensarta varias frases incomprensibles.
Y se va tranquilizando paulatinamente.
La demencia se manifiesta por pulsiones.
Idas y venidas caóticas.
Estos excesos la agotan tanto que acaba durmiéndose.
El sueño es el único lugar donde parece estar a salvo de sí misma.

7

En las semanas siguientes, Charlotte recibe otras cartas.
Son los últimos instantes del vínculo familiar.
Estamos ahora en 1940.
Hace casi seis meses que se declaró la guerra.
Los bandos se siguen observando en silencio.
Sólo se oye el ruido de una caída en el baño.
Charlotte acude a ver qué ha pasado.
Su abuela se ha encerrado allí.
Llama, le suplica que abra.
Pero nada, no hay reacción alguna.
Oye una sucesión de estertores.
Cada vez más espaciados, cada vez más quedos.
Charlotte grita.
Al fin, consigue forzar la puerta.
Su abuela está colgada de una cuerda.

Charlotte la salva in extremis.
Agarra el cuerpo y ambas caen.
Ahora llega el abuelo.
Se pone a dar voces, como suele.
¿Qué has hecho?
¡No tienes ningún derecho!
¡No tienes ningún derecho a dejarnos así!
¿Y tú, Charlotte?
¿Qué estabas haciendo?
¡A quién se le ocurre descuidarse así!
¡Si se muere, será culpa tuya!
¡Cualquiera se fía de ti, menuda idiota!
Charlotte no hace caso de esas palabras hirientes.
Lo principal es tumbar a la abuela en su cama.

Parecía inconsciente, pero se levanta.
Y se pasa una mano por el cuello.
La marca de la estrangulación es impresionante.
Un círculo rojo intenso.
Un rojo que se va amoratando.
Se dirige a su cuarto.
Rechaza la ayuda de Charlotte.
Tendrías que haberme dejado morir, dice.
Charlotte contesta llorando: sólo te tengo a ti.

8

Pasa muchos días vigilando.
No la deja sola nunca.
Charlotte abre de par en par los postigos del cuarto.
Le habla del cielo, de la belleza del cielo.
Mira, mira el azul límpido.
Sí, dice la abuela.
Y admira también los árboles en flor.
Los colores que semejan promesas.
Muy pronto iremos a pasear a la orilla del mar.
Prométeme que iremos, ruega Charlotte.
Sus palabras lenifican, una suavidad que cura las heridas.
Se cogen de la mano.

Al abuelo lo sacan de quicio esos ratos en que se consuelan.
Está harto, pero ¿de qué?
Charlotte no lo entiende.
Va y viene muy nervioso por el cuarto.
Parece como si ya no pudiera contener la rabia.
Eso mismo.
Le espeta a Charlotte un monólogo de demente.

¡Estoy harto de suicidios!
Estoy harto, ¿te enteras?

Primero fue la madre de tu abuela.
Intentó suicidarse todos los días.
¡Durante ocho años, todos los días, así fue!
Y luego, su hermano.
Decían que era muy desgraciado por culpa de su matrimonio.
Pero yo vi que lo había atrapado la locura porque sí.
¡Le daba por reírse sin que nadie supiera por qué!
Tu abuela estaba tristísima.
Yo iba a verlo, el loco de la familia, lo llamaban.
Hasta el día en que se tiró al agua.
¡Y su única hija se suicidó con veronal!
¡Con veronal!
Sin motivo alguno.
¡Y luego, su tío, no nos olvidemos de él!
Sí, el tío de tu abuela.
¡Se tiró por la ventana!
¡Y su hermana... y el marido de su hermana!
¡Y qué sé yo cuántos más!
Por todas partes, por todas partes.
¡Estoy harto!
¿Te enteras?
Y también su sobrino, hace menos tiempo.
El único superviviente de la familia, tú no te enteraste.
Pero lo despidieron del laboratorio, como a todos los judíos.
Así que se mató...
¡El suicidio es una muerte que se le hurta al enemigo!
Pobrecillo, me acuerdo de él.
Lo amable que era.
Nunca levantaba la voz.
Bueno, pues ahí está, pudriéndose en un cementerio.

¡Ya no es más que un montón de huesos!
...
¡Y nuestras hijas!
¡Nuestras hijas!
...
¿Te enteras?
¡Nuestras hijas!
...
Tu tía Charlotte.
Mi hija del alma.
Con lo que yo la quería.
Se venía conmigo a todas partes.
Como si fuera mi sombra.
Me escuchaba.
Para darme gusto, jugaba a ser una estatua griega.
Y luego.

Nada.
Nada más.

Se tiró al agua, a los dieciocho años.

Porque sí.
Yo no podía.
No pudimos ir al entierro.
O nos tendrían que haber enterrado también.
Tu abuela y yo estamos muertos desde entonces.

Y tu madre.
Cómo la hizo sufrir aquello.
¿Te haces cargo?
Era la hermana de su corazón.
Eran inseparables.

Siempre las estaban comparando.
Casi las dos versiones de la misma muchacha.
Estaba destrozada.
Pero no se notaba.
Hacía lo que fuera para ser fuerte.
Se esforzaba más y más.
Por nosotros, hacía como que era dos hijas a la vez.
Qué bondadosa era tu madre.
Por las noches cantaba.
Era solemne y hermoso.
Y luego, se casó con tu padre.
El obseso de la medicina.
Por suerte, llegaste tú.
Los hijos, se supone que son la vida.
Mi nieta.
Tú.
Charlotte.

El abuelo calla en ese instante.
Las últimas palabras las ha pronunciado muy bajito.
No todos los dramas se pueden decir a voces.
Mira a Charlotte de frente, a los ojos.

Vuelve a subir el tono.
Cada vez más.
Tú...
¡Tú..., Charlotte!
¡CHARLOTTE!
Eras una criaturita tan linda.
Entonces, ¿por qué?
¿Por qué?

Sólo nos quedaba tu madre.
Tu madre y tú.
Era imposible que nos hiciera aquello.
Todo el mundo se da muerte, pero tu madre no.
Ella no podía.
Era imposible.
Se tiró por la ventana.
¡En nuestra casa!
¿Te enteras?

Y tú, ahí estabas, después.
Me dabas pena.
Desviábamos la mirada para no verte.
Me acuerdo de la cara que tenías.
Seguías esperando que volviera.
Acechabas el cielo por si venía.
Te había dicho que iba a ser un ángel.
¡Pero no!
Se la llevó el demonio.
Se mató.
Sí, también tu madre.

Y tu abuela... ¿por qué?
Ya no quiere seguir viviendo.
¿Y yo?
¿Acaso piensa en mí?
¿Qué va a ser de mí?
¿Te enteras?

Estoy harto.

Estoy.

Harto.

...

9

Charlotte sale corriendo.
No oye estas últimas palabras de su abuelo.
Él sigue gritando, le suplica que se quede.
Corre avenida Neuscheller abajo.
Hasta el cruce de los tulipanes.
¿Adónde ir?
No lo sabe.
Corre hasta quedarse sin resuello.
Hacia el mar.
Es el único destino posible.
El único lugar donde no se puede ver nada más.
Cruza la playa corriendo.
Se mete en el agua fría de febrero, totalmente vestida.
Avanza deprisa.
Las rodillas, la cintura y los hombros desaparecen.
No sabe nadar bien.
Unos metros más, y podrá desentenderse.

La ropa mojada le empieza a pesar.
La empuja hacia lo más hondo.
Las olas mueren en ella.
Traga agua salada.
Vuelve la mirada al cielo y divisa un rostro.
Es el de su madre.
¿Será por fin el ángel tan esperado?
Con qué nitidez surge.

¿Va a morir?
Se deja ir a la deriva y los recuerdos afloran.
Se ve cuando era niña, esperándola.
Qué historia más absurda, esa del ángel.
A Charlotte le entra mucha rabia.
Que la impulsa hacia la orilla.
No, no va a morir ahogada.

Sin aliento, exhausta, se tumba en los cantos rodados.
Toda su vida se basa en una mentira.
Los odio, todos ellos me han traicionado.
Todos.
Desde siempre.
Todo el mundo sabía la verdad.
¡Todo el mundo menos yo!, grita Charlotte.
Le retumban por dentro sílabas desordenadas.
No consigue articular ni una frase.
No puede usar las palabras.
Para explicar los estragos.
De lo que acaba de enterarse.
Nunca lo había sospechado.
Nunca, nunca, nunca.
No puede usar palabras.
¿Existen siquiera palabras para expresar semejante desazón?
Ahora entiende esa extrañeza que lleva por dentro desde siempre.
Ese temor desmesurado al abandono.
La certeza de que todos la rechazan.
¿Qué debe hacer?
¿Llorar, morir, nada?
Se levanta y vuelve a desplomarse.
Un pelele desarticulado en la playa desierta.
Anochece, pero esta vez es distinto.
Sólo anochece para ella.

Está tiritando de frío.
Y llega de rodillas hasta la Promenade des Anglais.
Cualquiera creería que acaba de llegar a nado.
Anda deprisa.
Avanza en la noche, sin hacer ruido, sin dejar rastro.
Una sombra húmeda que cobra vida.

Piensa que sus abuelos la estarán esperando.
Pero no, están durmiendo, y le resulta extraño verlos.
La ventana del cuarto sigue abierta.
Permitiéndole a la luna perfilar la cama.
La luz es suave, incluso grata.
Cómo contrasta ese instante con los últimos días.
Charlotte se sienta en una silla para mirarlos.
Y así se queda dormida, junto a ellos.

10

Transcurren varios días, entre el sosiego recobrado.

¿Se puede decir que las horas parecen estar en blanco?
Hasta los ademanes son silenciosos.
La abuela le cepilla el pelo a Charlotte.
Llevaba años sin hacerlo.
Vuelven, pues, a estar inmersas en un periodo alegre.
Charlotte es incapaz de hacer ni una pregunta.
¿Por qué nadie le contó nunca nada?
¿Por qué?
No, no dice nada.
No quiere oír las explicaciones.
Y además, ¿de qué serviría?

Prefiere paladear los momentos de tregua.
Da la impresión de que su abuela por fin se ha calmado.
A menos que sea una estrategia...
Para conseguir que su carcelera baje la guardia.
La abuela se acuerda de su propia madre.
Nunca la dejaban sola, pues en su demencia no había pausas.
La vigilaban constantemente, asesina potencial de sí misma.

Charlotte alberga la esperanza de que ahora todo irá mejor.
Ella es la madre de su abuela.
Desde hace varias semanas la protege, la consuela, la reconforta.
Las une algo muy intenso.
Así que deja que la arrulle una ilusión.
Y se duerme.
Cuando abre los ojos, ya no hay nadie.
¿Cómo habrá podido levantarse su abuela sin despertarla?
Con lo ligero que suele ser el sueño de Charlotte.
Se ha escurrido fuera de la cama sin hacer ningún ruido.
Como si se hubiera evaporado.

En ese instante, resuena un estrépito terrible.
Es el ruido sordo y amortiguado de un choque.
Charlotte cae en la cuenta de lo que pasa y se abalanza hacia la ventana.
El abuelo también se despierta.
Es más: sale corriendo del sueño.
¿Qué?
¿Qué pasa?, dice a voces.
No es habitual que el pánico se note así en su voz.
Al igual que Charlotte, sabe muy bien lo que pasa.

Desde la vivienda no se puede ver nada.
El patio interior es un hueco oscuro.

La luna luminosa de los últimos días se ha ido.
Ambos gritan el nombre de la abuela.
Varias veces, pero sin convicción.
¡Ve corriendo a buscar una vela!, ordena el abuelo.
Charlotte obedece temblando.
Bajan los dos despacito.
En el patio, los recibe un soplo fresco.
Procuran proteger la llama trémula.
Avanzan, milímetro a milímetro.
Charlotte, que va descalza, nota un líquido bajo los pies.
Se arrodilla con la vela.
Para descubrir un hilillo de sangre.
Suelta un grito y se lleva la mano a la boca.
Ahora se agacha el abuelo.
Y, por una vez, no dice nada.

11

El cuerpo se queda tres días encima de una cama.
Curiosamente, la muerte no la ha cambiado casi nada.
La abuela ya llevaba mucho tiempo con ese aspecto.

Charlotte no para de llorar.
Llora las lágrimas que su abuelo no puede derramar.
Con la ayuda del doctor Moridis organizan el entierro.
Ottilie se hace cargo de todos los gastos.
La ceremonia se celebra el 8 de marzo de 1940 por la mañana.
Han venido los niños refugiados de L'Ermitage.
Así, ese momento resulta algo menos lúgubre.
Les alegra volver a ver a Charlotte.
La rodean con mucho afecto.

El ataúd se hunde en la tierra.
Qué tranquilo parece todo.
Sólo la lucidez del abuelo se altera.
No parece saber ya a quién están enterrando.
Luego se recobra.
No recuerda ni un solo día en que su mujer no estuviera presente.
¿Ha llegado siquiera a vivir sin ella?

Después de la ceremonia, Ottilie los invita a ir a su casa.
Charlotte y su abuelo prefieren volver a la suya.
Sienten la necesidad de estar solos.
Y van despacio por la avenida del cementerio.
Charlotte lee todos esos nombres que fueron vidas.
Cruzan por ella imágenes que no consigue asir.

El abuelo, que parecía abatido, se pone a gruñir de pronto.
El dolor le espabila y le llena de rabia.
La misma rabia que lo llevó a revelarle todo a Charlotte.
Deja que le invadan palabras de odio.
Palabras y más palabras, desbocadas.
Entonces agarra a la joven por la manga.
¿Qué?, dice ella, con la cabeza gacha, exhausta de ese drama.
¿Por qué la agarra así?
¿Y ahora qué quiere?
Con qué violencia la aprieta.
Le gustaría resistirse, rechazarlo, pero le flaquean las fuerzas.
¿Y me preguntas qué quiero?, vocifera él.
¡¿Y me preguntas qué quiero?!
Pues mira.
Mira alrededor.
Así que, sinceramente.

¿A qué esperas para matarte también tú?

Séptima parte

1

Charlotte avisa a su familia del fallecimiento de la abuela.
A Paula le preocupa el estado mental de su hijastra.
Todas y cada una de las frases de su carta parecen impregnadas de pesar.
Hasta las comas parecen ir a la deriva.
Paula intenta encontrar las palabras adecuadas para responder.
Pero eso ya no tiene valor alguno.
Lo que haría falta sería que estuviese allí, sin más, y la abrazase.
A Charlotte le duele físicamente su ausencia y la de su padre.
Pensaba que la separación sería temporal.
Ya ha pasado un año.
Y no hay la mínima perspectiva de que vayan a reunirse.

La respuesta que recibe Charlotte va a ser la última.
No volverá a saber nada de su padre ni de Paula.
En las fronteras hay movimiento y las cierran.
A los alemanes residentes en Francia se les pide que se censen.
Aunque es obvio que son refugiados.
No importa, se los identifica con la nación enemiga.
El Estado francés decide encerrarlos.

En junio de 1940, Charlotte y su abuelo se van en un tren.
Con destino al campo de Gurs, en los Pirineos.
Es un campo que construyeron inicialmente para refugiados españoles.
¿Qué irán a hacerles?

Charlotte recuerda el rostro de su padre cuando volvió de Sachsenhausen.
Observa a su alrededor a los alemanes airados.
El viaje dura muchas horas.
Lo que se añade a la angustia de no saber qué va a pasar.
¿Va a morir?
Ni una mujer de la familia ha escapado a su morboso destino.

Trece años median entre la muerte de su madre y la de su tía.
Igual que entre la muerte de su madre y la de su abuela.
Sí, es exactamente la misma distancia temporal.
Casi exactamente el mismo gesto para las tres.
Un salto al vacío.
La muerte a tres edades distintas.
La muchacha, la madre de familia y la abuela.
Ninguna edad, pues, merece la pena que la vivan.
Así que, en el tren que rueda hacia el campo, Charlotte echa la cuenta.
1940 + 13 = 1953.
1953 será pues el año en que ella se suicide.
Si no muere antes.

2

Al llegar al campo de Gurs, separan a las familias.
El abuelo se suma al grupo de los hombres.
Es, al parecer, el más viejo de todos.
El decano de las sombras.
Charlotte habla con un gendarme para poder seguir con él.
Es demasiado mayor para quedarse solo y está enfermo.
No, no, usted tiene que ir a un barracón para mujeres.
Ésas son las órdenes, así que no insista.
El joven tiene una porra y a su lado hay un perro.
Charlotte comprende que aquí no hay razonamiento que valga.

Se separa de su abuelo y se coloca en la fila de las mujeres.
Entre ellas está Hannah Arendt.

En Gurs, a Charlotte le llama la atención que no haya vegetación alguna.
Es un exterminio total del verde.
Ha pasado de una naturaleza indómita a un paisaje lunar.
Pasa revista al lugar buscando el mínimo color.
Hay algo que le produce un dolor físico.
Su relación con el mundo se torna puramente estética.
No deja de pintar mentalmente.
Su obra respira ya en ella y a pesar de ella.

La fealdad contamina todos los detalles.
En el barracón no hay camas sino colchones amontonados.
Las condiciones sanitarias son espantosas.
Todas las noches oyen chillar a las ratas.
Pasan rozándoles las mejillas chupadas a las mujeres.
Pero lo peor no es eso.
Lo peor es el hombre que anda.
Va y viene delante del bloque con una linterna.
Desde dentro, las mujeres divisan el hilillo de luz.
Señal insoportable de que está ahí.
Puede pasarse así más de una hora.
Todas saben que acabará entrando.
Ya está, llegó el momento.
Abre la puerta, deslumbrando a las mujeres echadas.
Se mete entre los colchones.
El perro que va con él no duda en olfatear o en lamer a sus presas.
Mueve la cola, cómplice feliz del dominio.
Más que nunca, siente que es el mejor amigo del hombre.

Todas las noches el guardia entra así.
Ése es su ritual mágico.

Va en busca de una prisionera para violarla.
En caso de resistencia le bastaría con disparar.
Las mujeres se acurrucan, tiritando de miedo.
Se detiene encima de una.
Con la luz, le examina el cuerpo y la cara.
Y acaba por dejarla para pasar a otra.
El miedo que les causa lo excita aún más.
Finalmente se decide por una pelirroja.
Levántate y ven conmigo.
Ella obedece.
Y deja que se la lleve a otra cabaña.

3

Así transcurren varias semanas.
Entre el entumecimiento y el pavor.
No se habla más que del ataque alemán.
De lo rápido que han derrotado al ejército francés.
¿Cómo es posible?
A Charlotte esta noticia la paraliza.
Los nazis van a controlar el país al que huyó.
Ese país refugio donde está encerrada.
Nunca podrá pues dejar de ir sin rumbo.

Afortunadamente, la Ocupación no afecta al sur.
Se habla de la existencia de una *zona libre.*
Pero ¿libre para quién?
Aparentemente, para ella no.
Apenas si la autorizan a ir a visitar a su abuelo.
Se pasa la mayor parte del día tumbado en un camastro.
Ha adelgazado terriblemente y está al límite de sus fuerzas.
Cuando tose, le mana un hilillo de sangre de la boca.

A menudo no reconoce a Charlotte.
Y ella está desamparada del todo.
Les suplica a los guardias que la ayuden.
El desvalimiento de la muchacha acaba conmoviendo a una enfermera.
Mirará a ver qué puede hacer.
No lo dice por decir.
Finalmente, la administración decide ponerlos en libertad.

¿Charlotte recobra la esperanza?
Le dice a su abuelo que el horror va a concluir.
Van a volver a L'Ermitage, donde podrá descansar.
Le da la mano y a él le gusta ese contacto.
Se van del campo al día siguiente.
Pero el transporte público ya no funciona.
Tienen que buscarse la vida.
Recorrer cientos de kilómetros con un anciano cascarrabias y enfermo.
Van andando por los Pirineos.
Soportando el bochorno de julio.

Dos meses más tarde, Walter Benjamin se mata.
Del otro lado de la cadena montañosa.
Corre el rumor de que los apátridas ya no pueden cruzar la frontera.
Benjamin está convencido de que no tardarán en detenerlo.
Exhausto tras los años de vagabundeo y persecución, se derrumba.
Y se envenena con morfina.

Vienen a la mente estas palabras, que cobran la sonoridad de un adiós.
Sólo podemos concebir la dicha
En el aire que respiramos,
Entre los hombres que vivieron con nosotros.
Los genios alemanes acaban, pues, desperdigados por la montaña.
Hannah Arendt consiguió irse de Europa.
Charlotte admiraba profundamente a Walter Benjamin.

Había leído sus libros y le encantaba oír sus crónicas por la radio.
Una de sus frases podría haber sido el lema de la obra de Charlotte:
La auténtica medida de la vida es el recuerdo.

4

En la carretera procuran ir por etapas.
La mayoría de las veces los rechazan.
A nadie le apetece alojar a unos alemanes.
Por fin, un refugiado joven les presta ayuda.
También él es de Berlín.
Sabe de un sitio donde dormir.
Por el camino, en la penumbra, empuja a Charlotte a la cuneta.
El abuelo descansa en un banco y no lo ve.
La nieta se defiende con todas sus fuerzas.
Le araña la cara al agresor.
Que se aleja echando pestes.
¡No sabes lo que quieres, estúpida!
Charlotte se recompone la ropa.
Y vuelve con su abuelo sin decir nada.
Normalmente suele enterrar las heridas.
Incluidas las más inmediatas, las más vivas.
Sabe ocultar el dolor mejor que nadie.
Acostumbrada a tantos sufrimientos seguidos.

Por fin, encuentran una fonda que los acepta.
Pero en el cuarto sólo hay una cama.
Charlotte dice que ella dormirá en el suelo.
El abuelo insiste para que duerman juntos.
Una nieta y su abuelo, alega, es algo normal.
¿Charlotte lo ha entendido bien?
Sí, sus intenciones son cada vez más claras.

La incita a desnudarse y a echarse junto a él.
El mundo se tambalea.
No le quedan ya puntos de referencia.
Entonces, sale a tomar el aire.
Y espera a que él se duerma antes de volver al cuarto.

Se sienta en un rincón y esconde la cara entre las rodillas.
Para que llegue el sueño, se pasea por sus recuerdos.
Son el único lugar donde perdura el cariño.
Oye la voz de Paula, siente los besos de Alfred.
Con los ojos cerrados, viaja a través de la belleza.
Es en ese momento cuando el cuadro de Chagall aparece.
Lo recompone con precisión, viendo cada detalle.
Charlotte pasa mucho rato vagando entre los colores cálidos.
Y consigue dormirse, al fin.

Charlotte sabe que no puede seguir con ese periplo.
No con la mirada de su abuelo prendida a sus movimientos, a su cuerpo.
Afortunadamente, le indican un autobús que va siguiendo la costa.
A los dos días están en Niza.
Cuando llegan a L'Ermitage, todos se regocijan.
Es un alivio para todo el mundo.
Nadie sabía nada de ellos.
Charlotte, exhausta, se va a la cama.
Ottilie va a verla al cabo de un rato.
Y le pasa la mano por la frente.
Entonces, Charlotte abre los ojos.
Y le corre una lágrima.
Ahora la tratan con cariño tan pocas veces.

Ottilie se da cuenta de que la muchacha necesita ayuda.
Está al tanto de la historia de su familia.
Es como si Charlotte no pudiera dejar de llorar.

Da rienda suelta a meses de lágrimas.
Afortunadamente, consigue volver a dormirse.
Pero respira de forma irregular.
La americana nota sombras en el rostro de la muchacha.
Sombras que la recorren.
Sabe que en las últimas semanas ha acabado por perder pie.
El suicidio de su abuela; el de su madre, que le han revelado.
Y además, el internamiento y andar sin rumbo.
A Ottilie la entristece el espectáculo de esa vida echada a perder.
Le gustaría salvarla.
Hay que ayudarla y cuidarla, piensa.
Antes de que sea demasiado tarde.

5

Por consejo de Ottilie, Charlotte acude al doctor Moridis.
Tiene la consulta en el centro de Villefranche-sur-Mer.
La recibe en una habitación de su piso.
Su hija Kika, que nació en 1941, sigue viviendo hoy en el mismo lugar.
Después de que murieran sus padres, se mudó de nuevo allí.
Cuando quise ponerme en contacto con ella, no podía suponer algo así.
Que hubiese conservado la consulta intacta.

Gracias a ella, pude atravesar el decorado de 1940.
Andar a través de mi propia novela.
En la puerta aún está la placa.

DOCTOR G. MORIDIS
CONSULTAS DE UNA Y MEDIA A CUATRO.

Me quedé un rato mirando todos los detalles.
Kika y su marido estuvieron encantadores.

Es imposible que la hija del médico se acuerde de Charlotte.
Pero su padre la nombraba a menudo.
¿Qué decía?
Me contesta enseguida: mi padre decía que estaba loca.
Me quedo sorprendido.
No tanto de que diga eso, sino de que sea lo primero que diga.
Kika añade enseguida: como todos los genios.
Sí, su padre afirmaba que Charlotte era un genio.

Igual que Ottilie, el doctor se ha vuelto un apasionado de Charlotte.
Admirado, enternecido o, sencillamente, preocupado, su papel fue crucial.
Cada vez que pasaba por L'Ermitage, iba a hablar con ella.
Y visitaba la casa con frecuencia.
Porque a menudo había algún niño enfermo entre los huérfanos.
Charlotte le intrigaba, su sensibilidad le desconcertaba.
Por Navidades, dibujó unas tarjetas de felicitación.
Había en ellas unos niños bajando del cielo.
O intentando alcanzar la luna.
Algo le llegó al alma a Moridis en aquellos dibujos.
Un encuentro entre la fuerza y la ingenuidad.
El estado de gracia, sin más, pensó.

El doctor le toma el pulso a Charlotte y la reconoce.
Le hace preguntas sobre el campo de Gurs.
Ella contesta con monosílabos indescifrables.
Le asusta el estado en que la encuentra, pero no lo demuestra.
Necesitas vitaminas, prefiere indicarle.
Ella se queda con la cabeza gacha, callada.
Moridis parece vacilar.
Charlotte, tienes que pintar, le dice entonces.
Ella levanta la cabeza.
Le repite: Charlotte, tienes que pintar.

Le dice que confía en ella, en su talento.
Estas palabras reconfortan, pero también crean expectativas.
De ceder, nada.
Si sufre, entonces tiene que expresar ese sufrimiento.
A Charlotte la perturba profundamente eso que oye.

Moridis prosigue.
Da con las palabras correctas.
Le cuenta a Charlotte qué dibujos suyos le gustan más.
No puede dejar de compartir toda la belleza que alberga dentro de sí.
Charlotte sigue escuchando.
Es el eco de lo que ella siente.
Entonces aparece el rostro de Alfred.
Una visión más vívida que cualquier otra.
Vuelve a acordarse de lo último que le dijo, en el andén.
¿Cómo ha podido olvidarlo?
Tiene que vivir para crear.
Pintar para no volverse loca.

6

Por el camino de vuelta, respira muy hondo.
Ese día nace su obra *¿Vida? ¿O teatro?*
Mientras anda, piensa en las imágenes de su pasado.
Para sobrevivir, tiene que pintar su historia.
Es la única salida.
Se lo repite una y otra vez.
Tiene que devolverles la vida a los muertos.
Se detiene en esta frase.
Devolverles la vida a los muertos.
Tengo que ahondar aún más en la soledad.

¿Era necesario ir más allá de lo tolerable?
Para considerar por fin el arte como la única posibilidad de vivir.
Lo que dijo Moridis era lo que ella sentía.
En su carne, pero sin ser consciente de ello.
Como si el cuerpo siempre se anticipara a la mente.
Una revelación es entender lo que ya sabemos.
Es el camino que emprenden todos los artistas.
Ese túnel incierto de horas o de años.
Que conduce al momento en el que por fin puede uno decirse: ahora.

Ella, que quería morirse, empieza a sonreír.
Ya no tendrá en cuenta nada más.
Nada más.
Muy pocas obras se crean así.
Desgajándose del mundo hasta ese punto.
Todo es límpido.
Sabe exactamente lo que tiene que hacer.
Ya no le quedan vacilaciones en las manos.
Va a pintar sus recuerdos como si fueran una novela.
Los dibujos se acompañarán de textos extensos.
Es una historia que se lee y se mira por igual.
Pintar y escribir.
Esa conjunción es una forma de expresarse *plenamente.*
O digamos *totalmente.*
Es un mundo.

De este modo enlaza con la definición de Kandinsky.
Crear una obra es crear un mundo.
El propio pintor se sometió a la sinestesia.
Esa unión intuitiva de los sentidos.
La música lo guiaba para elegir los colores.
¿Vida? ¿O teatro? es una conversación entre las sensaciones.
La pintura, las palabras y también la música.

Una unión de las artes necesaria para que cicatrice una vida echada a perder.
Es la elección que se impone para recomponer el pasado.

Y es un torbellino de fuerza y de inventiva.
¿Qué te sucede cuando descubres la obra?
Una emoción estética suprema.
Desde entonces, no he dejado de pensar en ella.
Su vida se convirtió en mi obsesión.
Recorrí los lugares y los colores, en sueños y en la realidad.
Y empecé a enamorarme de todas las Charlotte.
Pero a mi entender lo esencial es *¿Vida? ¿O teatro?*

Es una vida pasada por el tamiz de la creación.
Para obtener una realidad travestida.
Los protagonistas de su vida se convierten en personajes.
Como en el teatro, los presenta al principio.
Alfred Wolfsohn aparece con los rasgos de Amadeus Daberlohn.
Los Salomon se convierten en Kann.
Charlotte habla de sí misma en tercera persona.
Aunque todo es real, ese distanciamiento se antoja necesario.
Para que el relato llegue a ser realmente libre.
La fantasía puede brotar con mayor facilidad.

Una libertad absoluta que resulta patente en la forma.
Además de los dibujos y el relato, Charlotte da indicaciones musicales.
La banda sonora de su obra.
Viajamos con Bach, Mahler o Schubert.
O con canciones populares alemanas.
Llama a su obra *Singespiel*.
El equivalente a una pieza cantada.
La música, el teatro, pero también el cine.
Sus encuadres se inspiran en Murnau o Lang.
Todas las influencias de una vida están ahí.

Pero quedan olvidadas frente al esplendor de su peculiaridad.
Para formar un estilo único e inédito.

Ya es hora de empezar.
Charlotte proporciona las instrucciones de uso de su obra.
La puesta en escena de su invento.
Hay que imaginarse la creación de estas pinturas como sigue:
Hay una persona sentada a la orilla del mar.
Está pintando.
De repente, una tonada le cruza la mente.
Cuando empieza a tararearla...
Se da cuenta de que la tonada concuerda exactamente...
Con lo que está intentando plasmar en el papel.
Se le forma un texto en la cabeza.
Y empieza a cantar la tonada con sus propias palabras.
Una y otra vez.
Con voz sonora hasta que la pintura parece ya concluida.

Por último, da detalles sobre el estado de ánimo del personaje:
Necesitaba desaparecer por un tiempo de la superficie humana,
Y para ello acceder a todos los sacrificios,
Para volver a crear en lo más hondo de su ser su propio universo.

Desaparecer de la superficie humana.

7

Los primeros días no consigue concentrarse.
Los niños de L'Ermitage corren por doquier y tienen una energía indómita.
Ottilie les dice que no molesten a Charlotte.
Hace todo lo posible por ayudarla, le consigue un papel de excelente calidad.
Mientras que la comida ya escasea.

Con Moridis, forma un círculo íntimo que protege al genio.
Un círculo que no incluye al abuelo.
Quien, antes bien, la acosa.
En cuanto aparece, Charlotte huye con el caballete.
Y él la persigue gritando: ¡estás aquí para cuidarme a mí!
¡No te he traído para que pintes!
Cada día se vuelve peor persona.
Cuando roba fruta, les echa la culpa a los niños.
A Charlotte no le queda más remedio que irse.
Tiene que protegerse para continuar su obra.

Poco antes, había conocido a Marthe Pécher.
Regenta un hotel en Saint-Jean-Cap-Ferrat, La Belle Aurore.
Marthe decide alojar a Charlotte sin pedirle nada a cambio.
¿Será que también ella está convencida de que es un genio?
Es harto probable.
Le ofrece una habitación para todo el tiempo que quiera.
La habitación número 1.
Aquí, durante casi dos años, Charlotte se dedica a crear.
Una habitación en la planta baja, pero el hotel está construido en alto.
Basta con salir para ver el mar.
Siempre me imaginé esa habitación como un refugio paradisíaco.
En realidad, se parece mucho más a una celda.
Las paredes de ladrillo acentúan esa sensación.

La dueña oye a su protegida trabajar *canturreando.*
Sí, ésa es la expresión que utiliza.
Charlotte pinta cantando.
Las músicas que indica para acompañar los dibujos.

Según el testimonio de Marthe, Charlotte no sale casi nunca.
Pasa días enteros entregada al trabajo.
Seguramente es la medida absoluta de las obsesiones.

Se acuerda de todas las palabras de Alfred.
Y reproduce sus monólogos vertiginosos.
Página a página, dibuja su rostro cientos de veces.
Después de años de separación, sin ningún modelo.
La apnea creadora de Charlotte es extática.
Como armonía que comulga con el pasado.

Recorro la habitación número 1 mientras me mira la joven de recepción.
Tissem, que así se llama, intenta ayudarme.
Aunque supongo que le parezco raro.
Heme aquí, extasiado ante la pared de una habitación deslucida.
Pregunté si el establecimiento tenía archivos.
El dueño nunca me llamó.
Se apellida Marin.
¿Será que hay que tener un nombre marítimo para dirigir ese hotel?
Y sobre todo: ¿pondrá una placa delante de la habitación?
No sé por qué estoy tan obsesionado con las placas.
De momento, hay que restaurar ese sitio.
Podría ocuparme de ese lugar.
Hacer cuanto sea necesario para que respeten las paredes, que son la memoria.
Y, más aún que la memoria, son los testigos inmateriales del genio.

8

Muy a su pesar, Charlotte tiene que ir de vez en cuando a Niza.
Su abuelo vive allí solo.
Se lo encuentra sentado en una silla, rumiando sus recuerdos.
En una de esas visitas, en pleno verano de 1942, se fija en un cartel.
Una ley obliga a los judíos a presentarse a las autoridades.
Cuando regresa a La Belle Aurore, Charlotte le pregunta a Marthe.
¿Qué debe hacer?
La verdad es que ya ha tomado una decisión.

Va a ir a censarse.
Marthe le pregunta por qué, es absurdo.
Charlotte contesta: es la ley.

El día previsto, se va a Niza.
Delante de la prefectura hay una cola larguísima.
La tranquiliza ver tanta gente dócil.
Todos van bien vestidos, los enamorados se dan la mano.
Hace calor y la espera es larga.
Al cabo de un rato, varios autobuses aparcan cerca de la plaza.
Todos se miran.
E intentan tranquilizarse.
Charlotte vuelve a acordarse del campo de Gurs.
¿Y si en lugar de censarlos sin más en realidad pretenden detenerlos?
Nada podría ser peor que volver allí.
Por lo visto, en París ha habido una gran redada de judíos.
Pero, aquí, ¿quién sabe lo que ha pasado realmente?
¿Quién sabe lo que está pasando en Alemania o en Polonia?
Nadie.
Charlotte ya no recibe noticias de su padre ni de Paula.
Desde hace muchísimo tiempo.
Ya no sabe nada.
¿Estarán vivos siquiera?
Se acuerda todos los días.
Y Alfred, su Amadeus.
A él le cuesta demasiado adaptarse a la vida para haberse librado.
No.
No puede creer que haya muerto.
No es posible.

Empiezan a salir gendarmes de la nada.
Discretamente, han rodeado la plaza.
Ya no puede huir nadie.

Es una trampa, ahora está claro.
¿Cómo ha podido ser tan tonta?
Ella y todos los demás.
El mundo entero los persigue.
¿Por qué hoy iba a ser distinto?

Les mandan subir a los autobuses.
Todos se abalanzan sobre algún policía para hacerle preguntas.
¿Pero adónde vamos?
¿Qué hemos hecho?
La calma no tarda en convertirse en angustia.
Los policías se muestran mucho más firmes.
Al tiempo que intentan evitar el pánico.
Es un simple control rutinario.
No hay por qué preocuparse.
Eso es..., suban, muy bien.
En cuanto se sienten les daremos algo de beber.

Charlotte se sienta con los demás.
En ese instante, se acuerda de los dibujos.
¿Y si no regresa?
¿Qué será de ellos?
Se fía de Marthe.
Sabe que ella se hará cargo.
Pero aun así.
No ha terminado.
Le falta mucho para terminar.
¿Cómo se le ha podido ocurrir que tenía la vida por delante?
Está desterrada, es una fugitiva.
Una apestada.
Si consigue salir de ésta, entonces podrá acabar su obra.
Lo antes posible.
No es capaz de concebir que pueda quedar inconclusa.

Un policía va andando entre los asientos.
Detiene la mirada en Charlotte.
La mira fija e intensamente.
¿Por qué?
¿Qué ha hecho ella fuera de lo normal?
Nada.
Nada; se dice a sí misma que no ha hecho nada.
Entonces, ¿por qué?
¿Por qué sigue mirándola así?
¿Por qué?
¡Qué fuerte le late el corazón!
Va a desmayarse.
¿Se encuentra bien, señorita?
No consigue contestar.
Le pone la mano en el hombro.
Y le dice: todo irá bien.
Quiere resultar reconfortante.
Ese policía se ha parado delante de Charlotte porque le parece guapa.

Levántese y venga conmigo.
Está paralizada.
No quiere moverse.
Puede que sea un pervertido.
Como el de Gurs, que todas las noches violaba a una chica.
Sólo puede ser eso.
Si no, ¿por qué ella?
Es la única muchacha del autobús.
Quiere violarla.
Sí, eso es.
No puede ser más que eso.
Sin embargo, tiene una cara afable.
Y no parece nada seguro de sí mismo.

Le cubren las sienes gotitas de sudor.
Insiste: señorita, tenga la bondad de seguirme.
Y añade: se lo ruego.
Charlotte ya no sabe qué pensar.
El hecho de que sea tan joven y tan amable la tranquiliza un poco.
Pero ya no puede creer en nadie.

Decide levantarse y acompañarlo.
Cuando están los dos abajo, le ordena que eche a andar.
Al cabo de unos metros, están aparte.
Váyase, le dice.
Váyase deprisa y no se vuelva.
Como Charlotte no se mueve, insiste: ¡vamos, deprisa, váyase!
Ella entiende lo que está pasando.
Está salvándola, ni más ni menos.
No sabe qué decir para darle las gracias.
De todas formas, no tiene tiempo para pensarlo.
Debe darse prisa.
Echa a andar.
Despacio y luego cada vez más rápido.
En una callejuela de Niza, al fin se vuelve.
Detrás de ella ya no hay nadie.

9

Cuando regresa a La Belle Aurore, todo cambia.
A Charlotte, más que nunca, la invade la urgencia.
Tiene que actuar sin perder tiempo.
Su trazo es aún más vivo.
Hay muchas páginas que sólo incluyen texto.
Tiene que contar la historia de su familia.
Antes de que sea demasiado tarde.

Algunos dibujos son más bien apuntes.
No pinta, corre.
Ese frenesí de la segunda mitad de la obra resulta abrumador.
Una creación al borde del precipicio.
Recluida, más flaca y muerta de miedo, Charlotte se olvida de sí y se extravía.
Hasta el final.

En una carta, escribió estas palabras de conclusión:
En mi obra de teatro, yo era todos los personajes.
He aprendido a tirar por todos los caminos.
Y así me convertí en mí misma.

La fuerza de la última pintura sobrecoge.
Charlotte se dibuja a sí misma frente al mar.
La vemos de espaldas.
En el cuerpo, escribe el título: *Leben? oder Theater?*
Precisamente con ella se cierra esa obra que trata de su propia vida.

Esa imagen guarda un curioso parecido con una foto de Charlotte.
En ella aparece pintando en un sitio elevado.
Con el Mediterráneo a sus pies.
Mira el objetivo con indiferencia.
Diríase que el fotógrafo le está robando un momento de contemplación.
De esa vida que lleva, fusionada con la naturaleza.
Charlotte parece confundirse con las hierbas.
Maravillada ante el color del cielo.
Ese resplandor nos trae a la mente las últimas palabras de Goethe.
A orillas de la muerte, se puso a gritar: ¡más luz!

Hace falta una luz resplandeciente para morir.

10

Pasa horas clasificando todos los dibujos.
Tiene que poner en orden la historia.
Numerar las últimas pinturas.
Añade indicaciones musicales postreras.
El conjunto forma tres legajos.
En los que escribe: «Property of Mrs Moore».
La depositaria de la obra es Ottilie.
Por si le tocara huir o le tocara morir.
De momento, lo que realmente importa es proteger su trabajo.
Ponerlo a buen recaudo.

Charlotte guarda los legajos en una maleta grande.
Contempla su habitación por última vez.
Presa de una emoción singular.
Mezcla de dicha y de melancolía.
Este logro suyo pone fin provisionalmente a esa existencia obsesiva.
Cuando salimos de una obra, el mundo exterior reaparece.
Deslumbrante, después de tantos meses de introspección.
Perdemos de pronto la costumbre de mirarnos por dentro.

Marthe y ella pasan mucho rato abrazándose.
Charlotte le da las gracias de corazón.
Es hora de irse.
De modo que emprende el camino hacia Villefranche-sur-Mer.
A pie, con la maleta.
¿Quién se cruzaría con Charlotte aquel día?
Andando con la obra de una vida.

Casi dos años después de haber ido a su consulta, vuelve a casa de Moridis.
Es la única persona de aquí que le inspira confianza.
Ottilie ha regresado a los Estados Unidos.

Dada la inminencia del peligro, se ha ido de Francia.
Se llevó con ella a nueve niños en un coche muy grande.
Además de dos cabras y un cerdo.
Rumbo a Lisboa, para coger un transatlántico.
A Charlotte le hubiese gustado formar parte de la expedición.
Se lo ruego, no me deje aquí, suplicó.
Pero era imposible.
A diferencia de los niños, necesitaba un pasaporte.
Resignada, le regaló varios dibujos a Ottilie.
A modo de despedida.
La americana se los agradeció efusivamente.
Diciéndole que eran *oro puro.*
Esa mujer ha sido importantísima para ella.
Madre y mecenas.
Charlotte le entrega pues su obra por mediación de Moridis.
Y también se la dedica.

Charlotte está delante de la consulta de Moridis.
Llama a la puerta.
Le abre el doctor en persona.
Ah... Charlotte, dice.
Ella no contesta.
Lo mira.
Y le alarga la maleta.
Diciendo *es toda mi vida.*

Gracias a Moridis sabemos que dijo esa frase.
ES TODA MI VIDA.
¿Qué significa exactamente?
Le entrego una obra que cuenta toda mi vida.
O bien: le entrego una obra tan importante como mi propia vida.
O tal vez: es toda mi vida porque mi vida ha terminado.
¿Significa que va a morir?

Es TODA mi vida.
Esta frase resulta obsesiva.
Todas las opciones parecen válidas.

Moridis no abre la maleta.
La guarda celosamente.
Se puede incluso decir que la esconde.
Su hija me enseñó el lugar donde tenía la obra a buen recaudo.
Me quedé inmóvil ante ese pasado tan real.
Una emoción de intensidad infrecuente.
Es toda mi vida.

Octava parte

1

Charlotte regresa a L'Ermitage para quedarse a vivir allí.
Recuerda a su abuela en el jardín.
Eso ya no existe.
Vuelve a ver a todos los niños corriendo.
Eso tampoco existe ya.
Se han ido casi todos.
Hasta la casa parece huérfana.
Y también la belleza se ha tornado triste.

Un hombre vive aquí ahora.
Alexander Nagler.
Un refugiado austríaco que fue amante de Ottilie.
Pero eso no parece saberlo nadie.
Es alto, torpe y poco hablador.
¿Qué sucede cuando se encuentran dos personas calladas?
Charlotte no sabe muy bien cómo comportarse.
Ottilie le ha dejado *un amigo.*
Más exactamente, *un amigo con el que no sé qué hacer.*
Son las palabras de Charlotte.

Poco a poco, aprenden a hacerse el uno al otro.
Nagler tiene casi cuarenta años.
En 1939, para huir de los nazis, atravesó los Alpes.
Una travesía larga y penosa, que le dejó marcado.

Aunque parezca fuerte, Alexander es muy frágil.
Un accidente de juventud le impide andar bien.
Una cicatriz enorme le cruza la frente.
Es algo así como una combinación extraña.
Uno de esos hombres que parecen protectores.
Y a los que la gente enseguida acaba protegiendo.

A Charlotte le parece demasiado alto.
No le gusta levantar la cabeza para hablar con él.
De todas formas, apenas le dirige la palabra.
Se cruzan en el jardín.
Se sonríen o hacen como si no se viesen.
Pero en el mes de noviembre, todo cambia.
Alemania acaba de invadir el resto de Francia.
Entonces los dos refugiados entremezclan sus temores.
Se acercan el uno al otro, incluso empiezan a rozarse.

2

Charlotte sigue yendo a visitar a su abuelo.
Siempre se repite la misma escena.
En cuanto la ve, empieza a gritar cosas espantosas.
Ella acaba marchándose, destrozada.
No le queda más familia que él.
Alexander la reconforta.
A veces, la acompaña.
Lógicamente, el abuelo no aguanta a ese nuevo intruso.
Cuando se queda a solas con Charlotte, la somete a un interrogatorio.
¿No me digas que te gusta el austríaco ese?
¡Ni se te ocurra tener nada que ver con él!
¿Te enteras?
¡Es un pordiosero!

¡No te olvides de que somos Grunwald!
¡Te tienes que casar con alguien de tu clase!

A Charlotte le parece ridículo.
Su abuelo vive en el espejismo de un mundo que ya no existe.
Pero no quiere llevarle la contraria.
Lo escucha, diga lo que diga.
Así la educaron, para ser dócil con sus mayores.
Esa educación burguesa es un vestigio del pasado.
Y a los vestigios hay que quererlos.
Hacer lo que sea para que duren un poco más.
Charlotte acaricia su infancia a través de esa sumisión absurda.

Le dice que sí a su abuelo.
Y es que, además, a Alexander no lo quiere.
Lo quiere mucho.
Lo necesita, necesita sentir su afecto.
Pero no es amor.
Sólo quiere a un hombre.
Al mismo hombre para siempre.
¿Ha existido siquiera ese hombre?

Unos días más tarde, al abuelo le entra un dolor agudo.
Sale de casa e intenta llegar a la farmacia.
Por fin lo consigue, pero se desploma en la misma puerta.
Y se muere así, en plena calle.
Cuando le comunican la noticia, Charlotte siente alivio.
Se le quita un peso de encima.
Cuantísimas veces deseó que desapareciese.
¿Hizo algo para acelerar el fin?
Más adelante, en una carta, confesó que lo había envenenado.
¿Es ésa la verdad?
¿Es puro teatro?

Resulta tan improbable como verosímil.
Si consideramos cuánto le hizo padecer.
Ensañándose con ella constantemente y despreciando su trabajo.
Sin contar con la presión sexual.

Cruzo mensajes con los adeptos de Charlotte.
Sobre todo con Dana Plays, la sobrina nieta de Ottilie.
Barajamos esa opción.
Fantaseamos con la posibilidad de que llegara a tal extremo.
Es una novela dentro de la novela.

Charlotte contempla la tumba de su abuelo.
Que es también la de su abuela.
Ya están reunidos para siempre.
Ellos, los entendidos en piedras viejas y en polvo.
El cementerio lleva horas vacío.
¿Visita alguien a los muertos en tiempos de guerra?
Charlotte se va por fin y mira atrás por última vez.
Como se hace, en ocasiones, al separarse de los vivos.

3

Desde el 11 de noviembre de 1942, Francia está completamente ocupada.
La antigua zona libre se la reparten los alemanes y los italianos.
El departamento de Alpes-Maritimes depende del ejército italiano.
Un ocupante que no aplica la política racial de su aliado.
A Niza y sus alrededores llegan muchísimos judíos.
Se ha convertido casi en el único refugio accesible de Europa.
Aquí, Charlotte y Alexander parecen a salvo.
Pero ¿por cuánto tiempo?

No dejan de hablar de cómo evoluciona la guerra.
¿Desembarcarán los americanos?
Charlotte ya no aguanta seguir especulando.
Llevan desde 1933 esperando a que las cosas se arreglen.
Y siempre acaba sucediendo lo peor.
Está dispuesta a creer en la Liberación.
Pero sólo cuando la bandera norteamericana ondee allí mismo.

En sus conversaciones hay muchos espacios en blanco.
Son palabras, lanzadas aquí y allá, desordenadamente.
¿Por eso se besan las personas?
¿Para romper el silencio?
Ninguno de los dos se atreve a dar el primer paso.
Entonces, ¿como sucedió?
Paulatinamente.
No se trata de un impulso.
Sino de una especie de avance metódico y minucioso.
Hablan cada vez más cerca el uno del otro.
Hasta que una noche, sus labios se juntan.

Charlotte es ahora una joven de veintiséis años.
En abril celebra su cumpleaños con Alexander.
En un chamarilero, él encuentra un marquito.
En el que coloca un dibujo de Charlotte.
A ella le emociona ese detalle, sencillo y hermoso.

Hace años que no la toca nadie.
Ni siquiera se acuerda claramente de haber sido una mujer.
Los momentos en que Alfred se arrodillaba para besarla.
En que un hombre la deseaba, la tomaba, la estrujaba.
¿Qué ha sido de esos instantes?
Sin saber por qué, algo en el deseo que siente le repugna.
No aguanta que las pulsiones amorosas sigan su curso.

Las caricias de Alexander casi la violentan.
Lo rechaza.
¿Qué sucede?
No puede corresponderle.
Él piensa que la culpa es suya, le gustaría esfumarse.
¿Cómo puede dudar de que ella también lo desee a él?
Inconscientemente, se veda a sí misma todo cuanto se parezca a un deseo.

Es algo que le dura poco, y acaba dejándose llevar.
Es tan embriagador ese momento.
Charlotte toma la mano de Alexander y la guía.
Esa mano inmensa, insegura pero fuerte.
Que la hace suspirar de inmediato.

4

Hacer el amor se convierte en la ocupación cotidiana de ambos.
El jardín asilvestrado entona con ese vagabundeo sensual.
Los árboles, el calor y los aromas.
Es el decorado ideal para la lasitud.
Debe de ser algo muy parecido al nacimiento de un mundo.
En este periodo, Charlotte empieza a sentirse un poco ida.
Le dan mareos.
Mareos distintos a otros mareos.
¿Será eso?
Se pasa la mano por el vientre.
Y la estupefacción la deja clavada en el sitio.
No pensaba que pudiera ocurrir.
Solía comparar su cuerpo con una fortaleza.
Su única arma para protegerse.
Y sin embargo, debe admitir que la vida acaba de infiltrarse en él.

Sí, está embarazada.
A decir verdad, también esa palabra le sugiere protección.

Alexander está loco de alegría.
Se pone a andar con las manos por el jardín.
El mundo debería ser tan sencillo como él.
No acaba de comprender la reacción de Charlotte.
A ella le gustaría decirle que uno puede sentirse perdido y dichoso a la vez.
Que el desamparo no es incompatible con la felicidad.
Ella se acuerda todo el rato de su madre.
Surgen de nuevo sensaciones que creía haber olvidado.

¿No es maravilloso?, pregunta Alexander.
...

Lo único que necesita es un poco más de tiempo.
Tiempo para abrirse a la felicidad.
Tiempo para admitir que su vida puede llegar a ser dichosa.
Con un hombre y un hijo.
¿No es maravilloso?, vuelve a preguntar Alexander.
Sí, es maravilloso.

Se pasan horas sugiriendo nombres.
Charlotte está convencida de que será una niña.
Nina, Anaïs, Erika.
Se anticipan a la vida.
El porvenir pasa a ser un espacio concreto.
Pero para Alexander hay una prioridad.
Quiere que estén casados.
Tengo mis valores, afirma con orgullo.
Debe casarse con esa mujer embarazada de él.

5

Moridis y su mujer son los testigos en la boda.
Esa palabra, *testigo,* cobra aquí toda su fuerza.
Son precisos testigos para convencerse de que lo que está pasando es real.
Para dar carácter oficial a un amor.
Proclamarlo a la luz del día en un mundo en el que hay que ocultarse.
En el ayuntamiento, dan su identidad y su dirección.
Para poder casarse con Charlotte, Alexander declara ser judío.
Aunque hasta entonces tenía documentación falsa.
¿Por qué lo hacen?
Sin duda, llega un momento en el que no existir resulta inaguantable.

He estado convencido mucho tiempo de que ese matrimonio los perdió.
Cuando recomponía los elementos, todo encajaba.
Pero iba a descubrir una versión totalmente distinta de la historia.
Ese matrimonio, pues, no alteró en absoluto su destino.
No se puede interpretar como una rebelión social.
Prueba de ello es que Charlotte y Alexander se quedaron en L'Ermitage.
Donde todo el mundo podía dar con ellos.
La presencia italiana hace que se sientan a salvo y seguros.
Tiene que ser eso.
Tan a salvo como para casarse y dar su dirección.

Sin embargo, la situación es precaria.
Hay quien intenta ayudar a los judíos a huir.
La iniciativa más ambiciosa es la de Angelo Donati.
Un político italiano que se dedica a organizar planes de rescate.
Se pasa la vida en reuniones con El Vaticano o con distintos embajadores.
Y fleta muchos barcos que podrán zarpar rumbo a Palestina.
El cónsul general de Italia respalda a Donati.
Todas las medidas antijudías quedan anuladas.
Los *carabinieri* custodian la sinagoga.

Para evitar los ataques de la milicia francesa.
En Niza, Donati también cuenta con la ayuda del padre Marie-Benoît.
Todo ello forma una burbuja de protección solidaria.
Que sin duda refuerza la inconsciencia de la joven pareja.

Pero el 8 de septiembre de 1943, Italia se rinde.
Y el control de la región pasa entonces a los alemanes.

6

Los judíos se las van a pagar, se las tienen que pagar.
Para eso, envían a uno de los peores mandos de las SS.
Puede que el más cruel: Aloïs Brunner.

Su biografía da náuseas.
Es un hombrecillo moreno de pelo crespo.
Enclenque y con el cuerpo como torcido.
Tiene un hombro más alto que otro.
El odio que siente lo acentúa la incomodidad por no responder al tipo ario.
Él más que nadie tiene que demostrar su pureza de sangre.
Pero por más que haga, es un hombre anodino.
Ni es carismático ni tiene ningún alcance en la voz.
Y aun así, quien lo ve no lo puede olvidar.
Los testimonios sobre su violencia y su perversidad son ejemplares.
Es brutal, vulgar, siempre lleva guantes.
Por miedo a entrar en contacto con algún judío.

*

Después de la guerra, consigue escapar.
Cambia de identidad y se refugia en Siria, donde encuentra protección.
Hace negocios con la familia Al-Asad.

Y saca provecho de sus habilidades como torturador.
Finalmente, acaban por desenmascararlo.
Cursan contra él órdenes internacionales de detención.
El régimen sirio nunca concedió la extradición.
Los agentes del Mosad sueñan con hacerle lo mismo que a Eichmann.
Secuestrar a Brunner para juzgarlo en Israel.
Pero parece imposible infiltrarse hasta Damasco.
Sólo consiguen enviarle paquetes bomba.
Brunner se queda sin un ojo y sin los dedos de una mano.
Lo cual no le impide llevar una vida apacible.
En 1987, un periodista del *Chicago Sun-Times* consigue entrevistarlo.
Sobre los judíos exterminados, declara:
«Todos esos merecían morir.
Porque son enviados del diablo y desechos humanos.»
Y añade: «Si tuviera que volver a hacerlo, lo haría».
Brunner murió probablemente a mediados de la década de 1990.
Protegido hasta el último aliento.

*

Con el aval de los éxitos obtenidos en Grecia y Drancy, Brunner llega a Niza.
Establece el cuartel general en el hotel Excelsior.
Está junto a la estación, mete allí a los judíos antes de deportarlos.
Actualmente hay una placa conmemorativa delante del establecimiento.
El patio interior es infranqueable y prácticamente hace las veces de cárcel.
Está rodeado de edificios.
Algunos vecinos de Niza se sentaron en primera fila desde su propia casa.
Para presenciar las ejecuciones.
Seguramente a Brunner lo encandilaba aún más pensar en eso.
En que tenía un público ante el que lucir su barbarie.

Organiza un equipo de catorce personas.
Una especie de comando para dar caza a los judíos.

Piensa que todo serán facilidades si recurre a la prefectura.
Pero el prefecto Chaigneau ha destruido las listas del censo.
Le dice que los italianos se lo llevaron todo al irse.
Es una mentira perfecta, que no se puede comprobar.
De este modo, Chaigneau salva a miles de personas.
Loco de rabia, Brunner empieza su persecución.
Algunas personas huyen, intentan llegar a Italia por la montaña.
Si Alexander no estuviera lisiado, quizás también ellos se habrían ido.
Pero no puede andar tanto rato seguido.
Y además, Charlotte está embarazada de cuatro meses.
Así que deciden quedarse escondidos en L'Ermitage.
La casa es tan grande que nadie se percatará de que están allí.

Brunner ofrece una cuantiosa recompensa a cambio de cualquier información.
Al día siguiente, empieza a llegar al hotel un aluvión de correo.
Cartas con denuncias masivas.
Se reanuda la actividad.
Hay que sorprender a las presas en la cama, al despertarse.
Hay ancianos desencajados, en pijama, en el patio del Excelsior.
Se evalúa el físico de algunas de las detenidas.
Si son guapas, las esterilizan de inmediato.
Para enviarlas al este, en calidad de prostitutas para los soldados.
Pero con eso no basta, no basta, no basta.
Brunner quiere más, y más, todavía más.
En los interrogatorios emplea una brutalidad singular.
Obliga a los detenidos a delatar a miembros de su familia.
Cada judío cuenta.
Se entera de que hay un escritor famoso viviendo en un hotel de la región.
Es Tristan Bernard, que tiene casi ochenta años.
El personal de recepción del establecimiento protesta y se indigna.
No sirve de nada, se llevan al escritor y a su mujer.
Rumbo a Niza y luego a Drancy.
De donde logra salir únicamente gracias a la mediación de Guitry y de Arletty.

7

En Grecia, Brunner consiguió deportar a casi cincuenta mil judíos.
Aquí, pese a todos los medios empleados, está muy lejos de esa cifra.
Apenas acaba de superar las mil detenciones.
Afortunadamente, sigue el aluvión de cartas.
Todavía quedan franceses de pro, dispuestos a ser útiles.

21 de septiembre de 1943 por la mañana.
No es una carta, sino una llamada telefónica.

Una mujer joven...
Judía, alemana, dice la voz.
En Villefranche-sur-Mer...
...
En una casa que se llama L'Ermitage.
L'Ermi... ¿qué?
L'Ermitage.
Muy bien, ya está anotado.
Estupendo.
Que tenga un buen día, y gracias otra vez.
No faltaba más, para eso estamos.

Una denuncia entre tantas otras.
Eso es lo que hay.
Una denuncia sin razón de ser.
A menos que sí haya alguna.
Pero ¿cuál?
Charlotte y Alexander no importunan a nadie.
Viven como ermitaños.
¿Será que alguien quiere quedarse con la casa?
No, es absurdo.

Nadie se adueñó de L'Ermitage.
Entonces ¿qué?
No hay razón alguna.
Es lo que se llama, curiosamente, un acto gratuito.

Kika, la hija del doctor Moridis, recuerda la detención.
Setenta años después de los hechos.
Me dice que fue su padre quien se la contó.
De repente, su marido nos interrumpe.
Hay gente que sabe quién denunció a Charlotte Salomon, nos dice.
Me quedo perplejo.
Le pido más detalles y me los da.
Son cosas que se cuentan por ahí.
En las ciudades, en los pueblos.
Es lo que hay.

No me lo esperaba.
No sé qué pensar.
La que lo cuenta es una señora mayor, añade el marido.
Bueno, no es del todo seguro.
Ya no rige muy bien.
Puede que hasta se lo haya inventado.

No puedo creerlo.
¿Quién iba a inventarse algo así?

En Villefranche-sur-Mer, hay gente que lo sabe.
Al cabo de tanto tiempo, todavía corren rumores.
Los culpables han estado viviendo aquí durante años.
Igual que han estado viviendo en muchas otras partes.
La delación no prescribe.
Pero se soterra.
Aún hoy, hay que callar lo que todo el mundo sabe.

Desde entonces, pienso a menudo en ello.
¿Tendría que haber seguido investigando?
¿Localizar al hijo o a la hija de quien hizo la denuncia?
¿Para qué?
¿De verdad importa tanto?

8

Ya es de noche cuando el camión llega a Villefranche-sur-Mer.
Y se para en pleno centro urbano, enfrente de la farmacia.
Bajan dos alemanes para pedir información.
Y les indican cortésmente el camino.
Arrancan dando las gracias, encantados de ese trato tan afable.
¿Pudiera ser que el informador no fuera muy preciso al dar la dirección?
Arreglárselas para avisar enseguida a Charlotte de que la están buscando.
¿Tuvo miedo o colaboró?
Hace años que Charlotte vive aquí.
Todo el mundo la conoce.
Entonces, ¿qué fue lo que se le pasó por la cabeza al hombre aquel?
Al fin y al cabo, esa chica es un poco rara.
No es muy habladora.
Nadie sabe lo que piensa.
La verdad es que no.
Un interrogatorio de nada no le vendrá mal.
En el peor de los casos, se la llevarán a algún sitio.

Con todas las luces apagadas, el camión aparca sin hacer ruido.
Dos hombres se cuelan en el jardín por ambos extremos.
Precisamente en ese momento, Charlotte sale de la casa.
Y se da de bruces con los soldados.
Se abalanzan sobre ella y la agarran por los brazos.

Grita con todas sus fuerzas.
Forcejea e intenta escapar.
Un alemán le da un fuerte tirón de pelo.
Y un golpe en el vientre.
Ella dice que está embarazada y suplica clemencia.
Se lo ruego, déjenme.
A ellos les da exactamente igual.

Mientras los soldados tratan de someterla, sale Alexander.
Quiere interponerse, rescatar a Charlotte del enemigo.
Pero ¿qué puede hacer contra un fusil?
Ante esa amenaza, retrocede unos pasos hasta pegar con la espalda en la pared.
Le explican a Charlotte que tiene que coger unos cuantos efectos personales.
Ella, con la cabeza gacha, no contesta.
Un alemán la empuja dentro de la casa.
Las piernas no le responden, se cae en la hierba.
La levantan con brusquedad.
Alexander quiere hacer algo, pero siguen apuntándolo con un arma.
Se da cuenta de que se la van a llevar a ella.
Sólo a ella.
Él no les interesa.
La han denunciado a ella nada más.
No puede ser.
No puede dejarla ir, con su hijo.
No.
Entonces, mira a uno de los soldados y grita:
¡Llévenme a mí también: soy judío!

Charlotte y Alexander suben al primer piso.
Tienen que coger ropa.
Ella se quiere llevar un libro, pero se lo prohíben.
Sólo ropa y una manta, dense prisa.
Unos minutos más tarde, están sentados en la parte trasera del camión.

El vehículo se adentra en la noche.
Lo contento que se va a poner Brunner.

9

Con las víctimas de otras redadas, los hacinan en el patio del hotel.
Corren los rumores más espantosos.
Se oyen gritos, en ocasiones tiros.
Brunner ha montado su sala de tortura al lado de su habitación.
A veces se levanta en plena noche para ir a mearle encima a algún judío.
Desde la ventana puede ver a los detenidos.
Observa con deleite sus temores y desesperaciones.
Pero sabe que, al mismo tiempo, debe hacer lo necesario para calmarlos.
De ello depende que los desplazamientos sean tranquilos.
Nadie tiene que intuir lo que viene después en el programa.
Para evitar la histeria y los actos de valentía a la desesperada.

Brunner en persona acude a hablar con ellos.
Adopta su voz más afable.
Aunque es la misma voz con la que grita antes de matar a sangre fría.
Reconoce que a veces pierde los nervios con los recalcitrantes.
Pero no quiere que les pase nada malo.
Si todos ponen su granito de arena, todo saldrá a la perfección.
Les cuenta que se acaba de crear un Estado judío, en Polonia.
Vamos a darles unos recibos de su dinero.
Y al llegar se lo devolverán.
La gran comunidad de Cracovia se encargará de buscarles acomodo.
Todo el mundo encontrará un empleo acorde con sus gustos.
¿Alguien se lo cree de verdad?
Puede que todos.
Al fin y al cabo, el padre de Charlotte regresó de los campos.

Y ella salió de Gurs.
Hay que mantener viva la esperanza.

Al despuntar el alba del quinto día, les toca irse.
Van andando hasta la estación, donde los está esperando un tren.
La policía francesa ayuda a los alemanes y se encarga de la logística.
Es un convoy de varios cientos de personas.
Cuando ya están en el vagón, el tren no se mueve.
¿Por qué los han hacinado para dejarlos ahí?
Hay que esperar a que Brunner dé vía libre.
Puede que lo único que esté haciendo sea disfrutar un rato más.
Todos empiezan a acusar el calor y la sed.
Alexander dice que su mujer está embarazada.
Los demás se las apañan para hacerle un poco de sitio.
Y que así pueda sentarse, con las rodillas pegadas a la cara.
Nadie puede oírla, pero va cantando para sí.
Una canción de cuna alemana de cuando era pequeña.
El tren arranca por fin, y corre un hilillo de aire.

10

El 27 de septiembre de 1943 llegan a Drancy.
Enseguida separan a Alexander y a Charlotte.
Es un campo de tránsito.
La sala de espera de la muerte.

11

El 7 de octubre a las cuatro y media de la mañana, hay que estar preparado.
Todos los deportados tienen que poner su nombre en el equipaje.
Una vez más, la ilusión de volver a vivir pronto en su propia casa.

Para que el pánico no cunda, agrupan a las familias.
Charlotte se reúne por fin con su marido y comprueba lo debilitado que está.

En el andén, se fija en unos hombres.
Vestidos como para una boda.
Van elegantes y muy erguidos, con su maleta en la mano.
Como llevan sombrero, podrían descubrirse si pasara una mujer.
No se nota la mínima histeria.
Es una forma de cortesía en el rebajamiento.
Sobre todo, hay que disimular los estragos ante el enemigo.
No hay que brindarle el placer de un rostro torturado.

El convoy es el número 60.
En un vagón para cuarenta personas, hacinan a setenta.
Con todo el equipaje, claro.
En el vagón hay locos y ancianos que han sacado de manicomios y asilos.
¿Quién se cree eso del campo de trabajo?
¿Por qué se llevan a dementes y moribundos?
Es un detalle que no engaña.
Un joven dice: van a matarnos, tenemos que irnos.
Y se pone a buscar un modo de escapar, intenta romper los listones.
Varias personas se le echan encima para impedírselo.
Los alemanes han dejado muy claro ese punto.
Si descubren que falta una sola persona, ejecutarán a todo el vagón.

El tiempo pasa despacio.
A decir verdad, no, el tiempo no pasa.
Curiosamente, aparecen destellos de esperanza aquí o allá.
Lapsos muy breves e infrecuentes.
Charlotte se convence de que va a reunirse con su familia.
Puede que incluso Alfred esté allí.
¿Cómo reaccionará cuando se la encuentre casada y embarazada?
Le sorprende darse cuenta de que a quien más echa de menos es a su padre.

Todos estos años sin la mínima noticia.
Alexander ya no la puede tranquilizar.
Se está descomponiendo de hora en hora.
Una úlcera le corroe el estómago.
Casi parece transparente.
Algunas voces dicen: hay que estar sano.
Cuando lleguemos, enderécese usted.
Píntese las mejillas de sangre.
En el campo de trabajo sólo escogerán a las personas saludables.
Pero ¿cómo parecerlo después de tres días en esas condiciones?

Charlotte y Alexander se animan como pueden.
En cada parada, él pelea para conseguirle agua.
Ella tiene mucho miedo de que el niño muera.
A veces, ni siquiera lo nota moverse.
Y luego, de pronto, da señales de vida.
Como si ya estuviera ahorrando fuerzas, también él.
Como si se iniciase en la vida como un superviviente.

12

El tren llega por fin a su destino.
Hace una noche oscura y gélida.
Como al inicio del viaje, no abren los vagones.
¿Por qué siguen cerrados?
¿Por qué no les dejan respirar?
Hay que esperar a que amanezca.
Así pasan más de dos horas.

Por fin, todos los deportados bajan del tren.
Desencajados, rendidos, hambrientos.
La bruma matutina les impide ver el campo.

Ni siquiera divisan a los perros que ladran.
Sólo se intuye un letrero encima de la verja de entrada.
Arbeit macht frei.
El trabajo libera.

Ahora tienen que ponerse en fila.
Alexander y Charlotte saben que van a volver a separarlos.
Aprovechan los últimos momentos juntos.
Muy pronto les dirán a qué grupo deben incorporarse.
A algunos los indultan de una muerte inmediata.
Porque este convoy ha llegado el día siguiente a la fiesta de Yom Kipur.
Día en que los nazis han gaseado a unos cuantos más que de costumbre.
Como para celebrarlo con un extra.
Así que ahora hay mucho sitio disponible en los barracones.

La fila avanza despacio.
¿Qué hay que decir?
¿Cuáles son las respuestas adecuadas?
Charlotte quiere explicar que es un error.
Que ella no es judía.
Salta a la vista que ella no es judía.
Y además, está embarazada de cinco meses.
Lo que necesita es hacer reposo en una clínica.
No pueden dejarla en esas condiciones.

Ahora le toca a ella.
Al final, no dice nada.
Un hombre le habla sin mirarla siquiera.
Le pregunta nombre y apellido.
La fecha de nacimiento.
Y luego, le pregunta en qué trabaja.
Ella contesta: dibujante.

Entonces él alza los ojos, con desprecio.

¿Qué es eso de dibujante?

Soy pintora, dice ella.

Al mirarla fijamente, se percata al fin de que está embarazada.
Le pregunta si está esperando un hijo.
Ella asiente con la cabeza.
El hombre no es ni amable ni desagradable.
Anota el dato, sin darle importancia.
Y estampa bruscamente un sello en la ficha.
Luego le indica a Charlotte a qué grupo debe incorporarse.
Un grupo nutrido donde hay esencialmente mujeres.
Avanza despacio con la maleta.
Echando ojeadas a Alexander a intervalos regulares.

Ahora le toca a él.
Tarda menos que ella.
Le dicen que se una a un grupo en dirección opuesta al de su mujer.
Mientras va andando, la busca con los ojos.
Cuando la ve, le hace un breve gesto con la mano.
Al cabo de unos metros, se lo traga la bruma.
Charlotte le pierde.
En menos de tres meses, Alexander morirá de agotamiento.

13

En lo alto del edificio se puede leer que se van a dar una ducha.
Antes de entrar en los baños, todas se desnudan.
Tienen que colgar la ropa en un gancho.
Una vigilante grita a pleno pulmón.

Sobre todo, acordaos bien del número de la percha.
Las mujeres memorizan ese número postrero.
Y entran en la sala inmensa.
Algunas van cogidas de la mano.
Entonces las puertas se cierran con dos vueltas, como en una cárcel.

La desnudez expuesta a la luz cruda demacra los cuerpos.
Charlotte, con su vientre, destaca entre las demás.
Se queda quieta ahí en medio.
Parece estar evadiéndose del momento.

Para estar ahí.

Epílogo

1

En mayo de 1943, a Paula y Albert los detienen en los Países Bajos.
Sobreviven en el campo de Westerbork como auxiliares de clínica.
Le piden a Albert que esterilice a las mujeres judías.
Sobre todo a las que proceden de matrimonios mixtos.
Primero se niega categóricamente, pero luego se desdice.
Alega que tiene que volver a Ámsterdam con Paula, su asistente.
Para recoger el instrumental que necesita para el trabajo.
Aprovechan para escaparse.
Y se esconden hasta el final de la guerra.

Cuando se restablece la paz, intentan saber qué ha sido de Charlotte.
Tras varios meses de incertidumbre, se enteran de que ha muerto.
Hundidos, Paula y Albert se sienten culpables.
No deberían haberla enviado a Francia.

En 1947, deciden seguir sus huellas.
Para descubrir el entorno en el que pasó los últimos años.
Y reunirse con Ottilie Moore, que acaba de volver a L'Ermitage.
La americana les cuenta sus recuerdos de Charlotte.
Cómo transcurrieron los acontecimientos.
El suicidio de la abuela.
El pavor que le infundía el abuelo.
Y luego, el matrimonio con Alexander.
Vittoria, la cocinera, también está presente.

Fue ella quien preparó la comida de la ceremonia.
Describe el menú con todo detalle.
Y el ambiente de aquella velada tan hermosa.
¿Charlotte era feliz?, pregunta entonces el padre.
Sí, eso creo, contesta Vittoria.
En ese momento, nadie se atreve a decirles que estaba embarazada.
Se enterarán más adelante.

Se les une otro testigo capital.
El doctor Moridis.
Parece muy emocionado de conocer a Paula y Albert.
Habla de los momentos maravillosos con Charlotte.
Procura no mencionar que le preocupaba su salud mental.
Los reconocimientos médicos en los que dudaba de su cordura.
Yo la admiraba muchísimo, añade.
Con voz trémula de emoción.

Unos meses antes, le había entregado la maleta a Ottilie.
La americana va ahora a buscarla.
Moridis repite la frase que dijo Charlotte: es toda mi vida.
Una vida en forma de obra.
Albert y Paula descubren *¿Vida? ¿O teatro?*
Se quedan conmocionados.

Oyen la voz de su hijita.
Está allí, con ellos.
Su Lotte, a la que perdieron hace años.
Gracias a ella, los recuerdos recobran la respiración.
También es toda su vida, la de ellos.
Se pasan horas mirando los dibujos.
Se han convertido en personajes.
Lo cual demuestra que han vivido.

2

Vuelven a Ámsterdam, que es su nueva ciudad.
Después de pensárselo mucho, Ottilie les ha cedido la obra.
Se pasan veladas enteras analizándola.
Algunas partes les hacen reír y otras les ofenden.
Es la verdad de Charlotte.
Una verdad artística.
No podían sospechar siquiera todo lo que pensaba.
Ni, desde luego, ese desmesurado amor que sentía por Alfred.
Más adelante, Paula dirá que aquello no podía ser más que una fantasía.
Según ella, Charlotte y Alfred no pudieron coincidir más de tres veces.
Es como si no creyese que pudieran verse a escondidas.

Ahí reside toda la belleza del proyecto de Charlotte.
¿Dónde está la vida?
¿Dónde está el teatro?
¿Quién puede saber la verdad?

Y así pasan los años.

En los Países Bajos, Paula coincide con amigos del mundo de la cultura.
Vuelve a cantar, la vida se reanuda.
De vez en cuando, les enseñan los dibujos a las visitas.
Que siempre se quedan maravilladas y conmovidas.
Un entendido en arte les dice que deberían organizar una exposición.
¿Cómo no se les ha ocurrido antes?
Sería un homenaje magnífico.

La cosa lleva tiempo, y también hay que preparar el catálogo.
La obra de Charlotte se expuso por fin en 1961.

Cosecha un éxito considerable.
Al margen de la dimensión emocional, de esa obra fascina la inventiva.
La forma absolutamente original.
Y los colores cálidos que atrapan la mirada.
La reputación de Charlotte pronto cruza las fronteras.
En los años siguientes, tienen lugar varias exposiciones.
En Europa, e incluso en los Estados Unidos.
Publican *¿Vida? ¿O teatro?* en forma de libro.
Y lo traducirán a varios idiomas.
A Paula y Albert los entrevistan en televisión.
Parecen incómodos y resultan conmovedores ante la cámara.
Refieren cómo era Charlotte.
Está viva, mediante sus palabras.
Un equipo de periodistas viaja al sur de Francia.
Hablan con varios testigos, como Marthe Pécher.
A nadie parece sorprenderle que le hagan preguntas sobre Charlotte.
Aunque haga más de veinte años que se fue de allí.
Como si todo el mundo supiera que iba a ser famosa.

Pero la notoriedad de la obra no dura tanto como se merece.
Paulatinamente, las retrospectivas se espacian.
Hasta convertirse en una rareza, una rareza inmerecida, una rareza injusta.
Albert y Paula, ya ancianos, no pueden seguir haciéndose cargo del legado.
En 1971, deciden donarlo íntegramente al Museo Judío de Ámsterdam.
La colección sigue allí, fuera de la exposición permanente.
Pasa casi todo el tiempo en los sótanos.
Albert fallece en 1976.
Mucho más adelante, en el año 2000, Paula se reúne con él.
Ambos descansan en un cementerio cercano a Ámsterdam.

3

¿Y Alfred?

Gracias a la ayuda de una de sus alumnas, consigue huir.
Así es como llega a Londres, en 1940, y se queda en esa ciudad para siempre.

Después de la guerra, vuelve a dar clase.
Sus métodos enseguida tienen muchísimo éxito.
Lo respetan y lo escuchan: existe.
También vuelve a escribir y publica una novela.
Tras liberarse por fin de sus angustias, pasa la década de 1950.
Ya no tiene la sensación de ser un muerto entre los vivos.
El pasado le parece muy lejano, puede que inexistente.
Y no quiere ni oír hablar de Alemania.

Gracias a unos amigos comunes, Paula consigue localizarlo.
Le escribe una carta, larga y amistosa.
Menuda sorpresa, después de tanto tiempo.
En la contestación, él le suplica que vuelva a cantar.
Y le reitera que es la más grande.
Pero no menciona a Charlotte.
Porque se teme lo peor.

Al cabo de unos meses, recibe otra carta.
A decir verdad, no, no es una carta.
Sino el catálogo de la exposición de Charlotte.
Y además un folleto con una reseña biográfica.
Así se confirma lo que ya sabía sin saberlo.
Murió en 1943.
Empieza a pasar las páginas del libro.
Y enseguida se percata de su dimensión autobiográfica.
Ve los dibujos de la infancia, de la madre y los ángeles.

Luego, aparece Paula.
Y...

Alfred se descubre a sí mismo, de pronto.
Un dibujo.
Dos dibujos.
Cien dibujos.
Al hojear el libro, ve su cara por doquier.
Su cara y sus palabras.
Todas sus teorías.
Todo lo que hablaron.
Nunca supuso que fuera tanta su influencia.
Charlotte parece obsesionada con él, con su relación.
Alfred siente una quemazón por todo el cuerpo.
Como si algo le agarrase por la nuca.

Se tumba en el sofá.
Y se queda así postrado varios días.

Un año después, en 1962, Alfred muere.
Se lo encuentran encima de la cama y totalmente vestido.
Tiene el aspecto de un hombre que se va de viaje.
Ha llegado la hora de esa cita de la que él parece enterado.
Y por eso tiene ese aspecto tan formal.
E incluso una apariencia de serenidad, algo tan infrecuente en él.
La mujer que lo descubre le pasa la mano por el traje.
Nota que hay un documento a la altura del bolsillo.
El bolsillo interior, junto al corazón.
Tira con cuidado del papel.
Y halla el folleto de una exposición.

De una artista llamada...

Charlotte Salomon.